2019
오늘의
좋은
시

임동확 · 이혜원 · 맹문재 엮음

 푸른사상
PRUNSASANG

2019 오늘의 좋은 시

초판 1쇄 인쇄 · 2019년 2월 20일
초판 1쇄 발행 · 2019년 2월 25일

엮은이 · 임동확, 이혜원, 맹문재
펴낸이 · 한봉숙
펴낸곳 · 푸른사상사

주간 · 맹문재 | 편집 · 지순이 | 교정 · 김수란
등록 · 1999년 7월 8일 제2-2876호
주소 · 경기도 파주시 회동길 337-16(서패동 470-6)
대표전화 · 031) 955-9111(2) | 팩시밀리 · 031) 955-9114
이메일 · prun21chanmail.net / prunsasangnaver.com
홈페이지 · http://www.prun21c.com

ISBN 979-11-308-1409-4 03810

값 15,000원

2019 오늘의 좋은 시

임동확 · 이혜원 · 맹문재 엮음

책을 내면서

2018년에 간행된 문학잡지에 발표된 시작품들 중에서 102편을 선정했다. 선정된 시들을 살펴보니 상당한 호흡과 세계 인식을 나타내고 있다. 그렇지만 워낙 많은 시인들이 시단에서 활동하고 있기 때문에 좋은 작품을 빠트리지 않고 모두 모았다고 장담할 수는 없다. 함께하지 못한 시인들께 깊은 양해를 구한다.

이 선집이 정하고 있는 좋은 시의 기준은 무엇보다 작품의 완성도이지만 독자와의 소통도 고려했다. 지나치게 주관적이어서 이해하기가 어려운 작품들은 아쉽지만 선정하지 않은 것이다. 따라서 이 선집은 난해한 작품들을 수용하지 못한 한계도 갖고 있다.

시인들이 다양한 시 세계를 펼치고 있기 때문에 그들의 작품을 우열로 가릴 수는 없다. 그렇지만 시의 흐름을 파악해서 우리 시단의 지형도를 마련하는 일은 물론이고 시의 사회적 역할을 추구하는 일 또한 필요하다고 생각한다. 이 일의 중요성을 더욱 인식하고 추진해나갈 것이다.

좋은 시를 선정하는 이 일에 책임감을 갖기 위해 각 작품마다 해설을 달았다. 필자를 밝힌 표기는 다음과 같다.

임동확=a, 이혜원=b, 맹문재=c

그동안 이 선집 작업에 함께해오며 애쓰신 이은봉 시인께 감사의 말씀을 드린다. 새롭게 참여한 임동확 시인과 계속 독자들로부터 신뢰받는 선집이 되도록 노력하겠다.

촛불혁명으로 새로운 정부가 열렸지만 나라의 개혁은 멀기만 하다. 정치 경제 사회 문화의 획기적인 발전이 눈에 띄지 않는 것이다. 이 선집이 시인이며 독자들로부터 많은 사랑을 받아 그 역할에 조금이라도 기여할 수 있기를 희망한다.

2019년 2월
엮은이들

차례

2019
오늘의
좋은
시

국민교육헌장

강병철

'암송 순서대로 집에 보낼 거여 그때까정 꼼짝 마'

신작로 춘원옥 밤새미 투전판 날린 담임선생 니코틴 삭은 냄새 적삼으로 파고든다 1등 통과한 소년 철봉대 붙잡고 기다려도 한머리 동무들 아무도 오지 않는다 삘리리리 보리피리 혼자 불던 하굣길 고샅 농립으로 불쑥 일어선 쇳밭둑 당숙

— 근섹인 웨 안 온다니 다랑카지 풀 매야 쓰는디

— 원래 외우는 머리 딸리는 애유

따개비 바위 베적삼 아낙 허리 펴며

— 소연인 혁멩 공약 못 외워 발목 묶여 있대니?

— 그건 정아 누나 때 운동장 조회 과제구유, 시방은 궁민교육흔장유

따래할멈 오이 따던 손 비비며

— 우리 언년인 요태 담배 먹구 맴맴인감

— 꼬찌루 나올뀨

조선낫 든 소년 토끼풀은 안 뜯고 논두렁밭두렁만 무심히 후려치는 중이다 염전 바닥 소금물 바싹바싹 마르는데 시간이야 어떻든 난 모른다, 며

(『시와경계』 2018년 겨울호)

지난 1968년 전국민을 길들이기 위해 박정권이 무조건 암기를 강요한 '국민교육헌장'과 같은 국가 이데올로기는 아이들에게 한낱 고통에 지나지 않는다. 다행히 머리가 좋아 1등으로 교실 밖의 운동장 철봉대에서 무료하게 동네 아이들을 기다리는 한 아이에게 궁극적으로 국민들을 훈육하여 권력을 독점하려는 파시즘적 '국민교육헌장'의 암기는 즐거운 하교 시간을 뺏는 폭력일 뿐이다. 때로 체벌까지 동원된 암송에 성공하지 못해 교실 밖으로 나오지 못하는 아이들을 기다리는 학부형들에게도 그건 마찬가지다. 대부분의 농사에 종사하는 이들에게 혁명 공약이든 국민교육헌장의 암기든 별다른 차이가 없다. 그들에게 더욱 절실한 것은, 바쁜 농사철에 필요한 아이들의 일손이다. 못내 기다리는 그들의 아이들은 국가의 훈육 대상이라기보다 한 가정의 생계노동을 돕는 소중한 일원이다. 그러니까 한 인간에게 소중한 것은 결코 국가나 민족의 발전을 표방한 반공과 집권 세력의 통치 이데올로기가 아니다. 통치 권력의 강화와 전 국민의 우민화를 겨냥한 국민교육헌장의 암기보다 어디까지나 동무들과 함께 하교하며 나눌 우정이 더 소중하다. 번연히 꼴찌로 나올 아이를 기다리기 위해 토끼풀을 뜯지 않은 채 괜스레 논두렁 밭두렁을 조선낫으로 후려치는 가장 평범하고 무료한 행위 속에서 빛나는 생의 추억이다. ⓐ

피정

강호정

산책길에 데리고 나갈 하얀 코끼리와
죽을 때까지 읽을 만큼 두꺼운 책 한 권과
거꾸로 매달린 나무늘보처럼 느리게 느리게
아무 생각도 하지 않는 날이 있었으면

손가락 사이에 기보를 끼고
나무그늘에 앉아 혼자 바둑 두는 노인
팽팽한 햇살 아래 흰 돌과 검은 돌
당신의 전쟁은 평화로운데

목매고 있는 것들
목맬 수밖에 없다고 생각하는 것들, 오늘은
침묵하고 있는 동안 폭우가 지나갔네
100년 전에도 내렸던 비라는데

햇빛에 물 마르는 소리
나무 의자는 당신의 엉덩이를 닮아가고
내내 뿌리가 깊어지겠네

(『푸른사상』 2018년 가을호)

위의 작품의 화자는 "산책길에 데리고 나갈 하얀 코끼리와/죽을 때까지 읽을 만큼 두꺼운 책 한 권과/거꾸로 매달린 나무늘보처럼 느리게 느리게/아무 생각도 하지 않는 날이 있"기를 희망한다. 그리하여 "손가락 사이에 기보를 끼고/나무그늘에 앉아 혼자 바둑 두는 노인"을 바라본다. 그 노인은 "팽팽한 햇살 아래 흰 돌과 검은 돌"을 두는 "전쟁"을 벌이고 있지만, 그지없이 "평화"롭다. "햇빛에 물 마르는 소리"를 듣고, "나무 의자"의 "뿌리가 깊어"진다고 화자가 인식하는 것도 마찬가지이다. 자기 이익을 추구하기 위해 구성원들에게 경쟁과 속도를 강요하는 자본주의에 휘둘리지 않으려고 하는 것이다. 자본주의 체제 속에서 개인의 주체성을 지키기 위해서는 구성원들 간의 연대가 필요하지만 "피정"도 필요하다. (c)

유대감

고 영

돌이킬 수 없음, 에 대해
우리는 해명할 시간이 필요하다.

전부(全部)였거나 전무(全無)였거나
빛이었거나 어둠이었거나 요란했거나 과묵했거나 존경했거나 증오
했거나 행복했거나 불행했거나 선했거나 악했거나 아름다웠거나 혹은
아름다움을 가장했거나 배타적이었거나 이타적이었거나

이 모든 사실들은 지극히
자의적인 해석

부산에서 단양까지의 간극 294킬로미터
그 거리가 지루하지 않았던 이유는
너의 짧은 생애처럼 벚꽃이 흩날렸기 때문
나의 슬픔처럼 비가 내렸기 때문

이것은 해명이 필요 없는
우리만의 관계

너무 많은 약(藥)을 나눠 먹으며
우리는 처음으로 인간답게 틈을 보인다.

너의 고통은 너의 진실
나의 고통은 나의 진실

돌이킬 수 없음, 에 대해
우리는 점점 대담해진다. 태어나면서부터 관계를 다 소진한 사람처럼 특별해진다.
생의 문외한처럼.

(『학산문학』 2018년 겨울호)

위의 작품의 화자인 "나"와 화자의 상대인 "너"를 결합시키는 "유대감"이 드는 이유는 무엇일까? 그것은 "돌이킬 수 없음, 에 대해" 서로 "점점 대담해"지기 때문이다. 그리하여 두 사람은 "태어나면서부터 관계를 다 소진한 사람처럼 특별해진다". "돌이킬 수 없"다는 것은 다시 생각하거나 되돌아볼 수 없다는 것으로 존재성을 운명처럼 여기는 것이다. 그리하여 "전부(全部)였거나 전무(全無)였거나/빛이었거나 어둠이었거나 요란했거나 과묵했거나 존경했거나 증오했거나 행복했거나 불행했거나 선했거나 악했거나 아름다웠거나 혹은 아름다움을 가장했거나 배타적이었거나 이타적이었거나" 개의치 않는다. 어느 한쪽을 선택하기보다는 양쪽 모두를 인정하고 존재의 의의를 심화시키는 것이다. 설령 고통이 있다고 할지라도 "너의 고통은 너의 진실/나의 고통은 나의 진실"이라는 인식으로, 다시 말해 자신을 지배하는 초인간적인 힘에 전적으로 순종하는 것이 아니라 의지로써 생사를 인식하는 것이다. 그렇기 때문에 "부산에서 단양까지의 간극 294킬로미터/그 거리가 지루하지 않"은 것이다. (c)

풍물시장에서
— 소엽 신정균 선생께

고진하

풍물시장은 오늘 따라 인산인해.
뒤에서 밀면 앞으로 떠밀려가고,
앞사람이 멈추면 나도 멈추네.
생선가게 앞의 생선 비린내는 정말 싫지만
생선가게 지나 꽃모종 가게 앞까지 오면
오래 밀려 있어도 괜찮아, 괜찮아.

골동품 가게 앞은 언제나 한산하네.
가게 앞에서 기웃거리다 안으로 들어가니
눈에 들어온 건 나무 요강.
조선시대 가마 타고 다니던 양반집 마님들이 쓰던 거라고
골동품 가게 주인은 입에 거품을 물지만,
거기 말고도 거품 없는 눈요깃거리는 많아
다른 골목으로 발걸음을 옮기네.

토종약초 파는 가게 옆
호호백발 할머니 난전에 앉아 인절미를 빚고 있네.
둥글고 길게 만든 찹쌀반죽을 칼로 뚝딱뚝딱 썰어
팥고물에 묻히기도 하고
콩고물에 묻히기도 하네.
그래, 바로 저거야.
이젠 할머니 손길에 저를 내맡긴 인절미처럼 살 거야.

콩고물에 굴리면 콩인절미로,
팥고물에 굴리면 팥인절미로,

누가 뭐라 해도 이젠
하늘이 굴리는 대로 살 거야. 그럴 거야.

(『시와세계』 2018년 봄호)

풍물시장의 왁자지껄하고 풍성한 분위기가 넘쳐서 어느새 시장에 함께 나가 있는 느낌을 주는 시이다. 사람들이 넘쳐나 떠밀려 가야 하고 다음에 어떤 가게가 나올지 알 수도 없는 요지경 같은 이곳은 우리네 인생사와 흡사하다. 우리 인생도 어떤 장면이 펼쳐질지 짐작도 못한 채 떠밀려 가는 풍물시장 같은 것 아닐까.

인파에 떠밀려 가던 화자가 잠시 멈추어선 곳은 골동품 가게 앞이다. 그중에서도 눈길을 잡아끈 것은 나무 요강이다. 조선시대 양반집 마님들이 가마 타고 다닐 때 쓰던 요강이었다니, 아마도 무게를 줄이기 위해 나무로 만들었던 것이리라. 한가하던 차에 나무 요강에 관심을 보이는 화자를 향해 골동품 가게 주인은 입에 거품을 물고 열을 올리지만, 화자는 "거품 없는 눈요깃거리"를 찾아 발걸음을 옮긴다.

다음 장면에서는 토종약초 파는 가게와 그 옆에서 난전을 차리고 인절미를 빚는 할머니가 등장한다. 호호백발의 할머니가 찹쌀반죽을 자유자재로 다루며 팥고물도 묻히고 콩고물도 묻히는 모습은 자못 신화적인 분위기를 자아낸다. 우리네 인생을 주재하는 신이 있다면 저렇듯 손쉽게 인간이라는 반죽을 어루만지며 저마다의 운명을 부여할 것이다. 인절미 빚는 할머니 앞에 이르러 화자는 인간의 생을 주관하는 어떤 절대자의 존재를 감지하고 운명에 순응하며 살겠다고 다짐한다. 그곳이 토종약초 파는 가게 옆이라는 점도 의미심장하다. 생로병사 같은 인간의 피할 수 없는 운명은 결국 절대자의 손에 달려 있다는 것. 가마 안에 나무 요강까지 챙겨서 다니던 양반집 마님들도 피할 수 없는 것은 생로병사를 주관하는 하늘의 뜻이라는 것. (b)

허물

공광규

내가 어렸을 때는
들에 나가 놀다 뱀 허물을 보고
뱀이 죽어서 남긴 흔적이라고 생각했지

그러나 어른이 되어서야 알았지
뱀은 허물을 벗으며 성장한다는 것을
한 해에 두세 번 허물 벗는 뱀도 있다는 것을

상처 난 뱀은 허물을 벗지 못한다는 것도
허물을 벗지 못해
몸이 딱딱하게 굳어 죽어간다는 것을

나는 어른이 되어서야 보았지
자기 허물에 갇혀
죽어가는 사람이 있다는 것을

상처가 있어
어른이 되어도 허물을 벗지 못하는 사람이
내 곁에 있다는 것을

(『시와반시』 2018년 봄호)

바짝 마른 채 들판에 남겨진 뱀의 허물은 죽음의 이미지에 가깝다. 어린아이의 눈에는 얼마든지 뱀이 죽어서 남긴 흔적으로 보일 만하다. 그런데 실상 뱀의 허물은 죽음이 아닌 성장의 증거여서, 허물을 여러 차례 벗을수록 뱀은 더 크고 튼튼하게 자란다고 한다. 반면에 상처 난 뱀은 허물을 벗지 못하고 딱딱한 몸속에 갇혀 죽어버린다니, 사람들의 생각과는 정반대의 현상을 보이는 것이다. 이러한 뱀의 생태는 사람의 성장 방식과 전혀 다르다. 사람은 허물을 벗지 않고 타고난 몸이 지속적으로 자란다.

그런데 시인은 다시 발상을 전환해본다. 사람의 몸이야 뱀처럼 허물을 벗으며 자라는 것이 아니지만, 정신은 어떨까? 자신의 정신적 상처를 극복하지 못하고 그 상처에 갇혀버린 사람들은 어른이 되어도 그 상처에서 헤어나지 못한다. 죽을 때까지 상처에 갇혀 빠져나오지 못하는 경우도 있다. 진정한 어른이 된다는 것은 몸뿐 아니라 마음이 성숙해야 하는 것이지만, 상처를 이기지 못하는 사람은 허물을 벗지 못하는 뱀처럼 자기 안에 갇힌 채 죽어간다. 오래된 상처에 붙들려 있는 자신을 물끄러미 바라보면 누구든 허물에 갇혀 딱딱하게 굳은 자신의 미숙한 정신을 맞닥뜨리게 될 것이다. (b)

별장빌라

곽문영

집으로 돌아가는 길 매일 높은 계단을 마주쳤다 절벽을 이어 붙이면 길이 되었다 계단은 하루도 지치는 법이 없었다 계단은 매일 한 칸씩 늘어나는 것 같았다 집이 땅으로부터 점점 멀어지고 있었다 나보다 작은 네가 먼저 한 칸 올라가 나를 정면으로 바라보면 우리는 그때까지 모르던 서로의 얼굴을 발견하기도 했다 내가 가위바위보를 너무 많이 이겼을 때 네가 보이지 않기도 했다

비가 오면 천장에서 물이 샜다 세차게 쏟아지는 비를 맞는 것보다 한 방울씩 떨어지는 비가 더 차가웠다 걷지 않은 거미줄이 무늬를 완성해가고 있었다 거미는 보이지 않는데 매일 한 줄씩 늘어났다 거미줄이 우리가 자는 동안 우리도 모르게 나오는 잠꼬대일까 봐 무서웠다 그래도 우리가 바른 장미 벽지보다 아름다운 무늬였다 우리는 무엇이든 모르고 저지를 때가 더 아름다웠다

미열일수록 오랫동안 몸에서 사라지지 않았다 약을 꺼내려고 어두운 가방 속에 손을 넣었을 때 내가 찾는 것은 언제나 가장 마지막에 손에 닿았다 어두운 곳에서만 죄를 짓지는 않았다 창밖으로 보이는 장미 유통 간판에 네온사인이 켜지면 장미 한 송이가 골목을 오래 밝혔다 기도하다가 졸고 있는 너의 모은 손끝이 하늘을 향하지 않았다

(『현대문학』 2018.12)

대도시 변두리에 자리 잡은 수많은 공동주택들은 마치 그 열악한
주거 환경을 부정이라도 하듯 화려한 이름들을 붙이고 있다. '별장빌라'도 어
느 후미진 골목에서 찾을 수 있을 듯한 낯익은 이름이다. 경치 좋은 곳에 지어
져 때때로 머물며 쉬는 집을 뜻하는 별장이라는 이름과 달리, 이 시에 등장하
는 별장빌라는 숨 가쁘게 높은 계단을 올라야 도착할 수 있는 누추한 일상적
공간으로서의 집이다. 시의 진행은 별장빌라에 이르는 길에서 집 안의 풍경으
로, 그리고 마지막으로는 화자의 몸에 이르기까지 점점 더 내면화한다. 집으
로 돌아오는 길에서 마주하는 까마득한 계단에서 화자가 느끼는 힘겨움은 하
루도 지치는 법이 없이 점점 더 늘어나는 듯한 그 높이로 표현된다. 마음은 저
위를 향하는데 무거운 몸이 따라주지 않는 상태를, 어릴 적 계단에서 친구와
가위바위보를 할 때 점점 거리가 멀어지며 까마득해지던 경험에 빗댄 것도 인
상 깊다. 집안은 비가 오면 물이 새 거미줄 같은 무늬가 번져가고 있다. 한 방
울씩 떨어지는 비는 차갑게 이 누옥을 침식해 들어온다. 차츰 늘어나고 있는
거미줄 같은 얼룩에 붙들린 듯 화자의 몸에서는 미열이 사라지지 않는다. 이
곳에서의 삶은 너무도 힘겹고 고단하여 기도하는 손끝조차 하늘을 향하지 못
하고 졸음에 겨워 풀어진다. 이 시의 별장빌라는 '별장'도 아니고 '빌라'도 아
닌 이 시대의 누추한 생활 공간이지만, 더없이 고요하고 섬세한 붓질로 그려
진 맑은 수채화 같은 느낌을 자아낸다. (b)

소가 뿔났다

휴대전화로 날아든 속보

'도축장서 소가 정육업자 등 공격… 1명 사망 · 1명 부상'

그리고 이어진 기사는 이렇다

27일 오전 4시 54분께 충남 서산시 팔봉면 한 도축장에서 소 한 마리가 A(77) 씨와 B(67) 씨를 들이받고 달아났다. 이 사고로 A씨가 숨지고 B씨가 다쳤다. 당시 정육업자인 A씨가 소를 도축장에 옮기는 과정에서 소가 갑자기 이들을 공격한 것으로 전해졌다. 소는 이어 도축장을 탈출, 현재 경찰과 소방당국이 소를 찾는 한편 마을 방송으로 주민들에게 주의를 당부하고 있다. 경찰은 도축장 관계자 등을 상대로 도축장 안전 관리를 제대로 했는지 등을 조사하고 있다.

이것이 기사가 된 까닭은
드문 일이기 때문일까

소야 달아나라
멀리멀리 달아나라 소야

(『시와 문화』 2018년 겨울호)

강원도 화천에서 열리는 산천어 축제가 연일 언론에 보도되고 있다. 백만 명 이상의 사람들이 찾아 엄청난 경제 효과를 내고 있다는 것이다. 다른 지방 자치 단체들도 화천의 산천어 축제를 모델로 삼아 빙어나 송어 축제를 추진하고 있다고 한다. 그렇지만 실상은 사람들이 물고기를 많이 잡아야 즐거워할 것이라고 여긴 주최 측에서 인공으로 부화시킨 엄청난 물고기들을 하천에 풀어놓아 결국 잡혀 죽게 하는 것이다. 이렇듯 산천어 축제는 물고기를 사랑하고 아끼는 것이 아니라 물고기를 학대하고 죽이는 행사에 불과하다.

요즈음 텔레비전의 프로그램도 먹방(먹는 방송)이 대세를 이루고 있다. 출연자들은 살아 있는 물고기뿐만 아니라 육고기를 생명체가 아니라 맛의 대상으로만 대한다. 이와 같은 상황이기에 "소야 달아나라/멀리멀리 달아나라"라고 응원하고 있는 화자의 목소리는 시원하다. "도축장서 소가 정육업자 등 공격… 1명 사망·1명 부상"을 입힌 것은 안 될 일이지만, 그동안 인간이 수많은 소들의 생명을 빼앗은 일을 생각하면 무조건 증오할 수 없는 것이다. (c)

검은 일요일

길상호

바람 속에서 날아온 까마귀는
교회 종탑 피뢰침에 앉아
단물 빠진 낮달을 쪼아 먹었다

사람의 기도는 모두 식상해져서
하나님 귀를 솔깃하게 만드는 문장은
누구의 입술도 지어내지 못했다

일요일이 반 이상 지나가고 있었지만
어떤 죄도 용서받지 못한 채
새로운 죄가 곳곳에서 태어났다

우리는 그래도 희희덕거리면서
길 잃은 양들이 다시 돌아오지 못하도록
성전을 둘러싼 가시울타리를 정비했다

이미 헌금 통에는 젖과 꿀이 넘치고
천국보다 달콤한 날들이었으므로
애써 회개할 일을 찾아 괴로워하지 않았다

낮달을 먹고 더 배가 고픈 까마귀가
깨진 종을 대신해서
몇 번을 아프게 울다 날아갔다

(『시작』 2018년 봄호)

'검은 일요일'이라는 제목에 걸맞게 신성한 일요일의 이미지와 상반되는 음화(陰畫)가 펼쳐지고 있다. 일요일의 교회당은 신의 자비를 구하며 회개에 열중해야 하는 곳이지만, 이 시에서는 전혀 다른 풍경이 그려진다. 교회의 상징인 종탑에는 까마귀가 날아와 낮달을 쪼아 먹고 있다. 까마귀라는 불길하고 음산한 새가 등장한 것뿐 아니라 희미하게 떠 있는 낮달을 "단물 빠진 낮달"이라고 하여 부정적인 분위기를 배가하고 있다. 이후 이어지는 장면들도 모두 부정적인 의미로 일관한다. "단물 빠진 낮달"과 마찬가지로 모든 것들이 본래의 상태에서 벗어나 변질되고 타락해 있다. 교회에서 올리는 기도조차 식상한 것이어서 하나님이 귀담아 들을 만한 것이 못 되고, 용서받지도 못한 상태에서 새로운 죄가 속출한다. 교회는 더 이상 길 잃은 양들이 돌아올 수 있는 장소가 되지 못하고, 속세의 탐욕이 노골적으로 전시되는 곳으로 변질된다. 헌금 통에 넘쳐나는 젖과 꿀은 천국의 부름보다 더 달콤한 유혹이 된다. 이 시의 마지막은 단물 빠진 낮달을 먹고 더 배가 고파진 까마귀가 아프게 울다 날아가는 장면으로 종결된다. 인간의 영혼을 일깨워줄 교회의 종은 깨져버리고 기도가 넘쳐야 할 성전은 탐욕으로 가득하다. 최근 대형교회들을 둘러싼 잡음을 떠올려보면 과장으로만 볼 수 없는 절박한 광경이라 할 만하다. "우리는 그래도 희희덕거리면서"에 드러나듯 이러한 말세적 풍경은 '너희'만의 것이 아니라 '우리' 모두의 것이다. '우리' 모두는 "천국보다 달콤한 날들"에 빠져 사는 물신의 시대를 살고 있기 때문이다. (b)

층계참

김건영

층계참에 서 있는 사람을 보았다 층계참에 오래도록 머물 수 있는 사람은 슬픔을 곱씹는다 비밀의 끈을 풀어내거나 분노한다 층의 국경은 너무 가까워서 전서구를 날릴 수 없다 층계참에 사는 사람을 보려면 층계참에 가야 한다 그곳에 사람이 가득 차면 슬픈 일이 일어난다 계단의 중간은 비어 있고 덫을 놓고 사람을 기다린다 누군가 먼저 와 있다면 자신만의 층계참을 찾아가야 한다 멈춰 서서 여기에 없는 사람과 여기에 없는 것들에 대해서 이야기한다 영원히 잠시간 머물 수 있는 층계참 적당한 더위와 추위가 있는 도래지 아무도 비를 맞을 수 없지만 어쩐지 모두 젖어 있다 펜도 없이 편지를 쓰고 공기 속에 놓고 간다 투명해질 때까지 고개를 끄덕거릴 수 있는 곳을 찾는다면 층계참이 좋다 반쪽이 된 사람들이 나머지를 잊고 서 있다 출구가 너무 많고 공공연히 비밀을 말할 수 있다 층계참에 오래 서 있으면 모르는 사람들을 배웅할 수 있다 지나치게 배부르거나 지나치게 배고픈 자들이 오르고 내린다 지나친다 아무도 숨지 않는 층계참에는 귀신도 머물지 않는다

(『현대시』 2018.2)

층계참은 계단 중간에 쉬어갈 수 있도록 만든 평평한 공간이다. 이 곳은 층층이 이어진 계단 사이에서 잠시나마 숨을 돌릴 수 있는 곳이다. 층계를 오르거나 내리는 도중에는 동작에 집중해야 하지만 이곳에서는 잠시 숨을 고르거나 생각할 수도 있다. 이 시는 층계참이라는 독특한 공간이 지닌 정서를 섬세하게 포착하고 있다. 층계참에 오래 머무는 사람은 가던 길을 멈출 만큼 어떤 생각에 골몰하고 있다. 슬픔이나 분노, 또는 갑작스러운 깨달음이 그의 발길을 층계참에 붙들어놓고 있을 것이다. 층계참에서 덫처럼 걸려 움직이지 않는 사람들은 무언가 심각한 문제에 단단히 붙들려 있을 것이다. 이곳에서는 아무도 비를 맞지 않지만 어쩐지 모두 젖어 있는 듯하다. 층계참에는 누군가 펜도 없이 썼을 편지들이 가득하다. 그곳에는 "영원히 잠시간" 머물며 어지럽게 흔들렸을 숱한 마음의 조각들이 즐비하다. 사방으로 뚫려 있는 층계참에서는 모르는 사람들을 향해 뱉어놓은 비밀들이 넘친다. 층계참에는 가쁜 호흡과 힘겨운 발걸음이 떠돈다. 층계참은 갈 곳 없는 탄식과 슬픔이 머무는 열려 있는 비밀 창고이다. (b)

겨울 녹차

김규성

가을이라고 박수 치다 보니 벌써 겨울의 손바닥이 얼얼하다

시간은 어제의 타동사로만 검은 등을 드러낼 뿐
내일의 사막을 배회하는 백야의 모래바람과 쌍둥이다

내 사랑은 멀고 먼 서쪽 바다 노을과 눈부신 순간의 그림자놀이 여행
을 하고
나는 극동의 빈 들에서 내 영원의 가슴속 투명한 해저를 여행한다

내 사랑은 지친 시간의 잔주름을 펴는 동안 나는 낡은 책장의 먼지
를 턴다

내가 소쇄원 대숲 사이 차 잎의 윤슬을 모아 한 모금 차를 끓이는 동안
백 년 전 화가는 깊고 고요한 무등의 악보를 그린다

불현듯 백 년 후 새벽 입김 푸르다

(『문학들』 2018년 봄호)

가을이라고 잠시 박수 치는 것에 열중했을 뿐인데, 나는 문득 겨울이 왔다는 사실을 실감하며 놀란다. 미처 시간의 국면이 명확하게 의식되지 않는, 그저 어제의 타동사로만 현상하는 가운데서도 멀고 먼 서쪽 바다 노을과 눈부신 순간의 그림자놀이와 같은 현실적 시간 지평으로 현상한다. 그러면서 미래적 가능성으로서 시간은 극동의 빈 들에서 제 영원의 가슴속 투명한 해저를 상기한다. 하지만 '나'는 그러한 시간적 가능성으로 존재하며, 그때마다 내 사랑은 그 시간의 저항에 직면한다. 따라서 나는 그 지친 시간의 잔주름에 저항하기보다 받아들임으로써 그러한 사랑의 시간의 흔적이 새겨진 잔주름을 편다. 소쇄원 대숲 사이 윤슬을 모아 한 모금 차를 끓이는, 의식적이고 자유로운 현재로서 초시간성 속에서 나는 백 년 전 화가의 깊고 고요한 무등의 악보를 현상하거나 불현듯 백 년 후 푸른 새벽의 입김을 맛본다. 자신의 행위를 반성적으로 예견하기도 하고, 혹은 되돌아보기도 하는 사랑의 시간 속에서 나의 과거는 충만한 힘으로 발현되고, 미래는 자기 자유의 가능성 그 자체와 하나가 된다. (a)

가지치기

김기택

생일 케이크에 꽂은 초처럼
도로변에 뭉툭하게 박아놓은 가로수들
전봇대 옆에 전봇대보다 더 전봇대 같은 가로수들

도로 안내판 가리지 말랬지 가로등 막지 말랬지
작년에도 그토록 알아듣게 잘라주었건만
또 막무가내로 솟구치는 가지들
또 막무가내로 수북해진 이파리들
쭉쭉 늘어나고 퍼지는 제 몸에 취해 인사불성이네

눈에는 눈 이에는 이 막무가내에는 막무가내
텁수룩한 팔다리 시원하게 잘라내는 가위질
눈치 없는 이목구비 말끔하게 밀어내는 면도질

가로수 옆에 가로수보다 더 가로수 같은 전봇대들

(『시산맥』 2018년 가을호)

한국 사회의 획일성에 대한 강박감은 단연 도로변의 가로수 가지
치기로 드러난다. 지금에도 버젓이 도로 안내판이나 가로등을 가린다는 이유
를 들어 가차 없이 잘려나가는 형편이다. 오늘의 한국 사회에서 무성한 가지
들과 이파리들을 가진 가로수를 보기 어려운 것은 그 탓이다. 지친 도시인들
에게 낭만과 정서적 안정을 주는 가로수 본연의 기능을 하지 못한 채 그저 하
나의 장식품이 되어 있는 게 작금의 가로수다. 하지만 그 결과로 전봇대보다
더 전봇대 같은 가로수들만 남은 가운데서도 여전히 이어지는 막무가내의 가
위질은 단지 가로수의 문제에 그치지 않는다. 무자비하게 잘려 나가는 가로수
는, 다름 아닌 여전히 기계적이고 수학적인 평균주의에 매몰된 한국 근대화의
자화상을 나타낸다. 특히 거기엔 국가나 정부의 시책을 위해선 개개인의 개성
이나 권리 주장은 얼마든지 무시해도 좋다는 집단적 병영 의식이 짙게 반영되
어 있다. 발전주의 담론에 의해 왜곡된 근대화 및 획일주의를 상징하고 있는
게 오늘 우리들이 거리에서 쉽게 만나고 있는 가로수들이라고 할 수 있다. (a)

예견된 두 짝

김려원

쪼개지는 전제로 붙어 있는 나무젓가락은 사회학자 같아. 사회학자들의 입맛은 보편타당성이고 어떤 입속도 빨간 색깔이라고 젓가락 끝을 붉게 증명해내고야 마는 식후들이지만

나무젓가락 끝과 내 입맛은 동등하거나 까탈스러워서 검은 막장을 욱여넣거나 비닐 깔린 상가의 홍어무침 속 오징어를 골라내는 탁월성 같은 것. 예견된 집기(什器) 사이의 붉거나 검은 만찬과 대접들, 가령 1과 2가 붙어서 1과 2를 분별하는 숫자놀음이 불통과 소통의 단두대처럼 똑바로 자세를 가다듬고 십이지신상(十二支神像)도 아닌 것이 장례식장을 단 한 가지의 감정으로 통일시켜버리는 동일성 같은 것.

피순대를 맛소금에 찍으며 발목 없는 치킨을 뜯으며 양곱창을 지글지글 또는 애면글면 구우며 혓바닥을 핥던 기름진 순가락이 육개장 고사리를 건져내는 동안 내 애인의 애인이 집으로 돌아가는 외길인 듯이 쪼개지 않으면 구실할 수 없다는 통설로 딱 붙은 너를 쪼개는 손끝.

짝이라는 말, 갈라져도 합쳐도 이미 예견된 두 짝.

(『시에』 2018년 가을호)

"짝이라는 말" 속에는 "갈라져도 합쳐도 이미 예견된 두 짝"이 내포되어 있다. 그리하여 "쪼개지는 전제로 붙어 있는 나무젓가락은 사회학자 같"다. 둘이 한 쌍을 이루어 보편타당한 토대를 갖는 것이다. 그 결과 "나무젓가락 끝과 내 입맛은 동등하거나 까탈스러워서 검은 막장을 욱여넣거나 비닐 깔린 상가의 홍어무침 속 오징어를 골라내는 탁월성"을 갖는다. "장례식장을 단 한 가지의 감정으로 통일시켜버리는 동일성"도 갖는다. 점점 상대적 박탈감과 소통 부재로 말미암아 소외감이 지배해 "짝이라는 말"이 발을 들여놓기 어려운 시대에 "갈라져도 합쳐도 이미 예견된 두 짝"의 사회적 의의는 소중하기만 하다. (c)

김치박국을 끓이는 봄 저녁

김명리

기억에도 분명
맛의 꽃봉오리, 미뢰(味蕾)가 있다
건멸치 서너 마리로 어림밑간 잡아
신김치 쑹덩쑹덩 썰어 넣고 김칫국물 넉넉히 붓고
식은밥 한 덩이로 뭉근히 끓여내는
어머니 생시 좋아하시던 김치박국
신산하지만 서럽지는 않지
이 골목 저 골목 퍼져나가던 가난의 맛,
기억의 피댓줄 비릿하게 단단히 휘감아 들이는 맛
반공(半空)의 어머니도 한 술 드셔보시라
뜰채로 건져 올리는 삼월 봄하늘
봄 나뭇가지 연둣빛 우듬지마다
천둥처럼 퍼부어지는 저 붉은 꽃물 한 삽!

(『시인동네』 2018년 5월호)

감각은 이성과 상반되는 하위 감각의 하나가 아니다. 인간의 가장 원초적인 감각이라고 할 수 있는 미각(味覺)을 비롯한 모든 감각은 개별적 특성에 따라 사회화되어 존재의 구성에 기여한다. 생전의 어머니가 생전에 좋아하시던 김치박국에 대한 '나'의 기억이 그렇다. 혀에 분포되어 있는 세포의 모임으로 미각 중추에 전해 미각을 일으키는 미뢰(味蕾)는 부재하는 어머니를 상기하는 가장 직접적인 감각의 하나이다. 자기만의 체험을 현재화하는 기억의 객관적 상관물이자 단숨에 삶과 죽음을 연결시키는 매개가 김치박국이다.

'나'는 그 김치박국에 대한 기억의 미뢰를 통해, 결코 서럽지만 않았던 가난의 시절을 떠올린다. 그러면서 어머니가 생전에 자주 해 먹던 김치박국을 다시 끓여 먹으며 나는 그때까지 불가해한 것으로 남아 있던 엄마와의 추억을 재음미한다. 더 가벼운 마음으로 천둥처럼 퍼부어지는 미래를 맞거나 연둣빛 환한 삼월의 현재를 끌어안는다. 다른 어떤 기억으로도 대체할 수 없는 개인의 고유성을 확인하는, '나'와 반공(半空) 어머니 사이를 연결해주는 영원히 살아 있는 기억의 미뢰가 김치박국 속에 살아 있다. (a)

모과

김명수

무릎이 이따금씩 시큰거려도
노인은 지팡이는 짚지 않았다
볕바른 공원에 홀로 가서 앉았다
시무룩한 얼굴로 행인을 바라봤다
얼굴에 검버섯이 피어 있었다
과거가 간간이 떠오르지 않았다

공원에 심어진 모과나무 가지에서
모과가 떨어졌다
툭 하고 떨어졌다

애인의 젖꼭지를 홀연히 떠올렸다
애젊은 젖꼭지……
애젊은 젖꼭지……
독거노인 젊은 시절 그때의 애인인가
가냘픈 연분홍빛 모과꽃을 떠올렸나

모과는 겉 빛깔이 이제 점차 변할 거다
잎 지는 서늘한 날
검갈색 얼룩이 온몸에 퍼지겠지

모과도 과거를
떠올려도 보는 걸까
노인 또한 지난날이 어슴푸레 희미하다

(『시에』 2018년 겨울호)

모든 기억은 존재를 보호하고 보존한다. 하지만 그 기억들은 때로 존재를 좀먹으며 파국과 파멸을 초래한다. 따라서 간간이 과거가 떠오르지 않는 노인은 자신의 기억을 애써 되살리기 위해 그 공원의 모과나무에서 모과가 떨어지는 것을 보며 옛날 애인의 젖꼭지를 떠올린다. 하지만 그 노인에게 중요한 것은 그게 젊은 시절에 만난 애인의 젖꼭지인가, 아니면 가냘픈 연분홍빛 모과꽃인가의 여부가 아니다. 넓게 보면 그 망각의 시간조차 노인의 기억의 자장 속에 놓여 있다는 점이 중요하다. 달리 말해, 끔찍한 악몽이든 행복한 시절의 상기든 결국 노인의 모든 기억은 조직적이고 치밀하게 사회와의 관계망 재구축에 기여한다. 예컨대 무릎이 시큰거려도 애써 지팡이를 짚지 않는 노인이 볕바른 공원에 홀로 앉아서 시무룩한 얼굴로 행인을 바라보는 행위가 그렇다. 노인은 점차 변해가는 모과의 겉 색깔을 보면서 검갈색 얼룩이 온몸으로 번져가는 자신의 신체 변화를 가늠한다. 특히 과거의 자신을 모과를 통해 떠올려보는 입장 전환을 통해, 생의 어떤 기억을 떠올리거나 희미해져가는 자신의 정체성을 필사적으로 구축하고자 한다. 세상의 모든 회한과 기억을 생의 막다른 길에 부려놓은 뒤에야 우린 겨우 망각의 길을 걸을 수 있다. (a)

나라서적

순서 없이 서성거리는 사람들
얇은 표정으로 오목해진 걸음들

너무 오래 기다리거나
아예 오지 않은
그이들은,
지금쯤 어디에 닿아 있을까

입김 덧쌓인 창유리로
길고 맑은 이별은 흘러
캐럴을 연주하는 금관악기처럼
반짝이다 고이는데

검은 목폴라 속의 짧은 목례처럼
따뜻하고 그윽했던 시간
당신은 서둘러 어른이 되고
나는 이제야 당신의 침묵을 읽는데

새벽녘 창을 열면
생에 처음인 듯 눈이 내리고
당신이 가져갔던 시간 속으로도
눈이 내리고

어제는 오월
오늘은 십일월인, 나는
공중전화 부스에 맴돌던
말랑한 구름이 된다

내 청춘의 심장부가 있다면
충장로 우체국의 맞은편

밤새 태어난 행성처럼 반짝이며
금간 스노우 볼처럼 반짝이며
당신이 있던 곳

짧은 서정시처럼 눈이 내리지만
나의 몫은 아니었던,

(『문학들』, 2018년 겨울호)

한때 광주 시민들에게 지적 저수지이자 만남의 광장이었던 '나라서적'은 단순히 유서 깊은 서점 중의 하나가 아니다. 오지 않는 누군가를 기다리며 하염없이 서성거리기도 했던 추억이 서려 있는 그곳은 분명 현실에 존재하면서도 동시에 모든 시간과 장소의 바깥에 있는 그 어떤 장소. 잠시나마 자본주의 도시 생활이나 사회규범에서 일탈하거나 초월하려는 자들의 위한 준비된 헤테로토피아(Les Hétérotopia)의 일종이다. 실재 여부와 상관없이 현실의 공간 속에 격리되어 있는 또 다른 환영의 공간. 하지만 이제는 입김 덧쌓인 창유리로 길고 맑은 이별이 캐럴을 연주하는 금관악기처럼 반짝이다 고이는 '나라서적'은 검은 목폴라 속의 짧은 목례처럼 따뜻하고 그윽했던 시간 속에서 서둘러 어른이 되게 만들었던, 그러나 복잡하고 소란스런 자본주의 사회와 구분되는 절대적 지점을 의미한다.

지금 여전히 침묵 속에 있는 '나라서적'은 한 시인에게 분명 그렇다. 실재하면서도 실재하지 않는 공간이라고 할 수 있는 그곳을 환기하면 마치 생전 처음인 듯 눈이 내리고, 그 눈이 공중전화 부스를 맴도는 말랑한 구름이 된다. 감히 한 시인이 청춘기의 심장부라고 명명할 만큼 각별한 의미의 '나라서적'은 그때마다의 생의 위기와 슬픔을 극복해가는 특권적 장소. 자신이 살고 있는 지금−여기의 현실과 다른 공간을 만들어낸다. 그러나 결코 그의 몫이 될 수 없었던, 단지 밤새 태어난 행성이나 금간 스노우 볼처럼 반짝였던 추억의 터전이다. 잠시 일상의 규범에서 일탈하거나 초월하려는 자들을 위해 마련된 특정한 시공간. 짧은 서정시처럼 생의 내밀한 의미를 환기시키는 시간의 거점이자 세계 전체를 집약한 저만의 소우주가 '나라서적'이라고 할 수 있다. (a)

시는 사실이다
— 적소일지 · 9

만델라는 라벤섬 감옥에서 회고록을 쓰고
추사는 제주도에서 세한도를 그리고
정약전은 흑산도에서 자산어보를 엮고
다산은 초당에서 목민심서를 쓰고

바다로 가는 길이 막힌 내륙 지방
선산 기슭 외딴집에 갇힌 나는
농사나 짓는다

하늘바래기 논다랭이에
뜬구름 가두어두고
원고 교정을 보듯
매일 김을 맨다

칠레의 시인 파블로 네루다는
시는 은유라고 했으나
게으른 농부에게는
시는 사실이요
잡초와 벌이는 전쟁이다

위의 작품의 화자는 흑인 인권운동을 비롯해 인종 차별 정책 철폐를 위한 투쟁을 전개해 27년간이나 수감 생활을 했던 남아프리카공화국의 대통령이자 세계 최초의 흑인 대통령인 만델라(1918~2013), 서예가 및 금석학자뿐만 아니라 정치가 및 실학자로서 활약한 추사 김정희(1786~1856), 성리학자이자 생물학자로서 해양생물학 서적인 『자산어보(玆山魚譜)』를 간행한 정약전(1758~1816), 실학을 집대성한 실학자로서 농촌사회의 모순을 발견하고 정치개혁과 사회개혁을 체계적으로 연구한 다산 정약용(1762~1836) 등과 자신의 삶을 비교하고 있다. "선산 기슭 외딴집에 갇힌 나는/농사나 짓는다"고 겸손함을 나타내고 있는 것이다. 그렇지만 그 일도 "잡초와 벌이는 전쟁"이라고 했듯이 만만하지 않다고 토로한다. 그리하여 자신의 일을 하찮게 여기기보다는 새로운 가치를 깨닫고 "원고 교정을 보듯/매일 김을 맨다". "시는 사실"이라는 진리를 실천해나가는 것이다.

김석환(1955~2018) 시인은 충북 영동에서 태어나 1981년 『충청일보』 신춘문예 당선으로 작품 활동을 시작했다. 시집으로 『심천에서』 『서울 민들레』 『참나무의 영가』 『어느 클라리넷 주자의 오후』 『어둠의 얼굴』 『돌의 연가』 등이 있다. 명지대학교 문예창작학과 교수를 역임했다. (c)

현기증

김성규

현기증이 인다 내 자리는 어디인가 좌석 버스를 탈 때마다
번호표를 받고 두리번거리다 앉으면
고속도로를 들어서자마자 추월하고 추월당하며 차가 달린다
계란노른자가 겉껍질에 부딪쳐 약해지듯
뇌수는 지금 터지기 직전처럼 조용하고
버스에서 내리면 평화로운 곳, 이곳이 어디인가

수십만 마리 개미 떼들이 무너진 자신들의 성을 바라보며
죽음으로 지키거나 어떤 규칙을 가지고 움직이듯
사람들은 모두 어디론가 가고 있다
나도 소읍의 술집 구석에서 주문을 하고 자리를 잡고 사람들을 바라
본다
인사하고 웃고 술 마시고 사과하는 사람들
잠에서 깨어나면 현기증이 일 것이다 여관에서 자고
집에서 자고 내 몸을 팔아서라도 돈을 벌자고 쏘다니다
일어나면 여기가 어디인지 거울을 보면 늙고 뚱뚱한 사내
흰머리 가득한 자신의 몰골을 보며
무언가가 땅속으로 꺼져 들어갈 때

이제는 모든 것이 귀찮구나!
여관방으로 들어가기 전에 편의점에서 소주를 사 들고
연고도 없는 지역의 낯선 여관방에 들어간다

이런 곳에서 사람들이 왜 자살한 채로 발견되는지
그래 조금만 더 참자, 내 의지로는 죽지 말자
자연사할 때까지
어떻게 살아야 되는지 누구에게도 묻지 말자
나에게는 아직 갚아야 할 할부금과 빚이 있으니

(『문학동네』 2018년 여름호)

일찍이 백석은 「남신의주 유동 박시봉방」에서 낯선 마을의 누추한 방 안에 몸을 의탁하게 된 시인의 한없이 쓸쓸하고 서글픈 마음을 토로한 바가 있다. 김성규의 「현기증」은 이 시대를 살아가는 가난한 시인이 "아직 갚아야 할 할부금과 빚" 때문에 어느 소읍까지 돈을 벌러 와서 여관에서 잠을 청하는 상황을 그리고 있다. 뇌수까지 흔들리며 오랜 시간 버스에 시달린 후에 내리면 한없이 낯설고 평화로운 소읍의 풍경이 펼쳐진다. 아무도 모르는 소읍의 술집 구석에서 허기를 채우고 여관에서 깨어나면 거울 속에 보이는 것은 흰머리 가득한 늙고 뚱뚱한 사내이다. 자괴감과 무력감에 빠져 자신의 밑바닥까지 침잠하게 되는 그의 의식을 때리는 것은, 백석의 시에서처럼 "쌀랑쌀랑 소리도 나며 눈을 맞을/그 드물다는 굳고 정한 갈매나무" 같은 고매한 상징이 아니라 "그래 조금만 더 참자, 내 의지로는 죽지 말자/자연사할 때까지" 같은 힘겨운 다짐이다. 가난하지만 더 크고 높은 것을 향해 가려하는 시인으로서의 자존심마저 지키기 힘들 정도로 이 시대 시인의 현실은 각박하고 심란하다. 삶의 현기증이 시적 상상력을 압도하는 현실의 중압감이 오롯이 담겨 있는 쓰라린 시이다. (b)

소금 엽서

김수우

오늘도 엄마는 바다를 말린다
오징어도 가재미도 편편한 후박나무 잎새로 만들었다

용왕을 섬기던 엄마가 할 수 있는 유일한 노동
싸락별도 돌벼랑도 한 장 엽서로 만들어버리는
엄마의 능력은 바다 허파로 숨 쉬는 일
뱅골만에서 부친 심해의 안부를 읽는 일

너를 기다리는 무수한 푸른 계단을 잊었니

오징어와 가재미를 널다가
담장처럼 물끄러미 반달을 바라보는 엄마
그때 바다는 혼자 해골처럼 깊어진다

물기 많은 햇살에도
투명한 살점과 가시를 드러내는 영원

거품으로 된 무수한 물기둥을 잊지 말아라

숙명이 아니다 선택이었다 엄마의 때 묻은 지느러미
보이지 않는 영원을 몸으로 관통하려는, 소금기 많은 사랑은
늘 안부에 그친다

첫사랑도 밥그릇도 관절염도 비린 엽서 밑에서 소용돌이가 된다

글썽이는 그물코 사이로
꾸덕꾸덕 말라가는, 길고 깊은 바다의 계단들

(『창작과비평』 2018년 봄호)

어떤 사람들에게 바다는 일상을 벗어나 가끔씩 만나게 되는 낭만적 풍경이지만, 어떤 사람들에게 그것은 나날의 삶이 펼쳐지는 노동의 현장이기도 하다. 이 시에 나오는 어머니의 바다가 그러하다. 어머니는 평생 바닷바람에 오징어나 가재미(가자미)를 말리는 일을 해왔다. 벵골만에서 부친 심해의 안부를 읽어낼 정도로 바닷바람에 민감하고 손에 닿는 무엇이든 엽서처럼 만들어버릴 정도로 달인의 경지에 이르렀다. 바다는 어머니의 일생이고 영혼이다. 평생 바다를 바라보며 살아온 어머니는 바다를 통해 삶의 비의를 포착한다. 우리가 돌아갈 곳은 "길고 깊은 바다의 계단들"이며 이승의 삶은 "거품으로 된 무수한 물기둥" 같은 것이다. 그럼에도 어머니의 "소금기 많은 사랑"은 생의 모든 순간에 켜켜이 스며들어 있다. 바다와 평생을 함께해온 어머니의 한결같은 생이 묵직하게 저려지듯이 감지되는 시이다. 바다를 노동의 현장으로 겪어야만 길어 올릴 수 있는 "바다 허파로 숨 쉬는 일", "때 묻은 지느러미", "비린 엽서", "글썽이는 눈물코" 등의 표현들이 신선하다. (b)

모두가 예술이다*
— 이승훈 시인에게

이승훈 전집을 만들 때
이승훈 시인이 동숭동 사무실로 와서
뜨락의 파라솔 아래 먼지가 수북한 의자에 앉는데,
앉지 마시라고, 걸레질한 다음 앉으시라고 하자,
옷이야 털면 되지 괜찮다고
괜찮다고 그냥 우리 앉자고 한다
그리고 담배를 피운다
이제 담배는 피우면 안 된다고, 내가
말리자, 괜찮다고,
괜찮다고 그냥 우리 한 대씩 태우자고 한다
원탁의 교정지엔 눈길도 주지 않고,
봄날, 태평한 봄날
파라솔 아래에서
파르스름한 연기가 아지랑이처럼
피어오르고 담배를 맛있게 태우는
이승훈 시인을 바라보며, 이 선생님 이제
술도 못 하시고 술 생각이 나면
어쩌지요, 하고 물으니, 괜찮아
괜찮아 그냥 마시지 뭐, 그러면서
오늘 저녁에도 맥주 한잔하고
자야지 그게 편해, 봄날
화창한 봄날, 그가 안주로 좋아하는 멸치 생각이 나서

이선생님 제가 썼던 '이승훈 멸치'는 맛이 어땠냐고,
시 얘기를 하자 그는 선사처럼 웃는다.

* 이승훈 시에서 빌려옴.

(『시와 반시』 2018년 여름호)

평소 존경해 마지않은 시인의 시전집 편집자로서 나는 원로시인 이 승훈이 사무실을 방문하여 먼지가 수북한 의자에 덥석 앉자 걸레질한 다음 앉 기를 권한다. 하지만 그 원로시인은 옷이야 털면 그만이라며 그냥 주저앉는다. 또 나는 그의 건강을 염려하여 은근히 금연과 금주를 권해보지만, 담배를 피우 고 맥주 한잔하는 게 편해, 라며 태평스레 받아넘긴다. 특히 나는 그가 좋아하는 멸치 생각에 관해시를 썼다고 말을 건네며 그의 반응을 살펴보지만, 거기에 대 꾸하는 대신 담담히 웃어넘긴다. 나는 그런 이 선생을 지켜보며 문득 그가 다양 한 형태의 제도화와 사회적 금기에서 자유로운 선사(禪師)가 아닌가 하는 느낌 을 갖는다. 설령 당장 낼 죽음이 닥칠지라도 살아 있는 지금 여기의 삶을 향유하 는 자가 바로 그라고 생각에 잡힌다. 어떤 금기나 합리성으로 가둘 수 없는 인간 의 자유를 추구하는 게 예술이며, 껍질뿐인 정체성에 전혀 개의치 않는 자가 바 로 이승훈 시인이라고 나는 굳게 믿고 있는 중이다. (a)

이끼가 침묵할 때

김월수

변하지 않는 바위의 생각과 마주할 때마다 나는
가장자리 끝에 매달린 움직임을 본다

이끼는 스미는 습관을 내세워 백 년 동안 천천히 바위 위를 걷는다

가쁜 숨을 내쉬는 누룩뱀의 겁먹은 눈동자와
둥지 잃은 새끼의 철딱서니 없는 추락을 보고도
바위 속에 갇혀 있는 단칸방이
누구를 위한 독방인지 처음부터 알고 있기에
느린 걸음을 불평하지 않는다

공중에서 길을 잃은 빗방울의 흔적에서
쑥쑥 자라는 침묵의 냄새가 난다
누구의 허락을 받거나 누구에게 허락을 할
필요조차 없는 길을 가면서도
끊임없이 몸을 추스르려는 일관성을
이슬의 눈으로 바라본다

궁금한 것이 많다고 이끼의 침묵을 죄로 물을 수는 없는 일

삶과 죽음의 경계를 벗어나 숲의 일원이 되려는 가열찬, 저 직진
한 뼘 더 자라난 목마름을 알아차린 것은 오직 바위 하나뿐이다

(『시를 사랑하는 사람들』 2018년 3~4월호)

"스미는 습관을 내세워 백 년 동안 천천히 바위 위를 걷는" "이끼"
는 비록 걸음이 느리지만 꾸준히 나아간 결과 토끼와의 경주에서 승리한 이
솝 우화의 거북을 떠올리게 한다. 경주에서 이기려면 거북이 보여준 성실성은
물론 자신이 처한 상황을 긍정하는 마음이 필요하다. 위의 작품에서 "이끼"가
"가쁜 숨을 내쉬는 누룩뱀의 겁먹은 눈동자와/둥지 잃은 새끼의 철딱서니 없
는 추락을 보고도/바위 속에 갇혀 있는 단칸방이/누구를 위한 독방인지 처음
부터 알고 있"다고 인식한 것이 그 모습이다. 그리하여 "이끼"는 자신의 "느린
걸음을 불평하지 않"고 꾸준히 나아가는 것이다. (c)

개뿔

김유석

소의 급소는 뿔에 있다.

감때사나운 부사리의 뿔을 각목으로 내려치면 이내 직수굿해진다.
각목 하나로 커다란 덩치를 다룰 수 있다. 이후

각목만 보면, 각목을 들었던 사람만 보면 기를 꺾는 소의 기억은

뿔에 있다, 밖으로 드러내놓고 살아가는 소의 기억은 후천성

뿔이 난 후에야 송아지는 자신이 소임을 알게 된다

뿔의 정체는 두려움, 두려움을 먹고 살이 찌고

우직한 힘을 잠재울 줄 아는 두려움이 연한 풀이나 뜯는 족속을 보
전해왔다

뿔과 뿔을 맞대고 뿔뿔이 다툴 때, 막가파처럼

텅 비어가며 굽는 뿔을 밀고 달려들 때가 더 슬픈

자기 독재자여, 그러나 뿔이 없는 건 우공(牛公)이 아니다.

(『월간 현대시』 2018년 10월호)

다루기 힘든 소의 급소는 뿔에 있다. 영리한 인간들은 그걸 알고 소의 뿔을 각목으로 내리친다. 심지어 주인마저도 그 뿔과 머리로 잘 들이받는 버릇이 있는 황소를 의미하는 '부사리'를 길들여 인간의 의지대로 부려먹기 위한 하나의 방편이다. 그래서 소는 각목을 드는 사람들만 보면 조건반사적으로 그 기억을 떠올리며 인간에게 순응한다. 하지만 그건 소의 본성에 내재한 기억이 아니다. 몸 중에 조금한 다쳐도 생명의 지장을 초래하는 급소를 다치게 되면, 제 생명 자체가 위협받을 수 있다는 자동화된 기억의 산물이다. 자신의 정체성을 상징하는 뿔이 결정적으로 다치거나 망가질 수 있다는 후천적인 두려움과 공포의 결과다.

하지만 그렇게나마 자기의 생존을 약속받아야 했던 소들조차 때로 서로 뿔과 뿔을 맞댄 채 막가파처럼 싸울 때가 있다. 그리고 때로 누구도 제지할 수 없이 구는 소들의 이러한 저항과 반란은, 슬프게도 자신의 본성과 존재성을 확인하려는 몸부림이다. 어쩔 수 없이 길들여진 채 살아가야 함에도 불구하고 결코 길들여질 수 없는 우직한 생명력의 발현이다. 비록 뿔이 자신들의 야성을 길들이는 치명적인 급소로 작용하기도 하지만, 동시에 그 뿔이 결코 양보할 수 없는 그들의 주체성이 솟아나는 지점이라는 점에서 뿔이 없는 소는 결코 소가 아닌 셈이다. (a)

탱고 원피스

김은정

붉은 치마라는 단어도 무슨 기호 같고 인상적이지만
탱고 원피스라고 하니 더욱더 강렬하고 진취적이다.

붉은 치마는 감각적으로 붉은색 천을 떠올리게 하지만
탱고 원피스는 색을 넘어 진지하게 많은 생각을 하게 한다.

가령,

태양을 생각하게 하고 격정을 생각하게 하고
분출을 생각하게 하고 여행을 생각하게 하고
열정을 생각하게 하고 애수를 생각하게 하고
고혹을 생각하게 하고 유혹을 생각하게 하고
문화를 생각하게 하고 자유를 생각하게 한다.

그러니,

개명과 별명과 예명과 가명이 있는 것 같다.
아이디와 아바타 또한 이런 맥락에서 보면
여러 개의 삶을 사는 기쁨을 누리도록 돕는
매우 함축적이고 경제적이며 도전적인 분업이다.

포도주도 좋고 코냑이라는 단어도 마음을 사로잡지만
루이 13세, 이 명명이야말로 가히 절대적이지 않은가.

(『푸른사상』 2018년 가을호)

페르디낭 드 소쉬르에 의해 정의된 언어학 용어 중에서 시니피앙(signifiant)과 시니피에(signifié)가 있다. 전자를 기표(記表)로, 후자를 기의(記意)로 번역한다. 다시 말해 전자는 '의미하는 것'이고, 후자는 '의미되고 있는 것'이다. 기표가 말이 갖는 문자와 음성이라면 기의는 기표에 의한 의미, 이미지, 개념, 내용 등이다. 기표와 기의가 하나로 묶여 기호가 되는데, 기표와 기의의 관계는 필연성을 갖지 않고 자의적이다. 그렇지만 기호는 우리가 이해하는 체계 속에서 필연성을 나타내고 의미 작용을 갖는다.

이와 같은 면에서 시작품의 기호는 자의성과 필연성 사이에서 변주한다. 개인적이면서도 집단적이고, 주관적이면서도 보편적이고, 독창적이면서도 사회적이다. "탱고 원피스"를 보면서 "태양을 생각하"거나 "격정을 생각하"고, "분출을 생각하"거나 "여행을 생각하"고, "열정을 생각하"거나 "애수를 생각하"고, "고혹을 생각하"거나 "유혹을 생각하"고, 그리고 "문화를 생각하"거나 "자유를 생각하"는 것이 그 모습이다. 시인의 기호 작용은 세상을 사랑하는 만큼 깊어진다. (c)

어두운 여름

김이듬

가방에서 정어리 통조림 국물 냄새가 났다
손을 씻고 누워 어깨를 만졌다

그때 나는 뼈가 그다지 하얗지 않았다는 걸 알지 못했다
여름의 조각들처럼 수습할 수 없었다

바닷가에서 세상에서 가장 달콤한 와인을 마셨다
바닷가에는 커다란 빵 공장이 있었다
하얀 작업복에 마스크를 한 청년의 얼굴과 그가 밀가루를 만지는 손
놀림을 통유리를 통해 구경할 수 있었다
나는 화상을 입어도 모를 만큼 차갑게 몰두했다
햇볕에 불타 죽은 사람도 있다고 했다
사랑도 자살처럼 자꾸 시도하게 된다

애완견을 버리려고 떠난 바캉스처럼 더 먼 곳으로 갔어야 했을까
창가에 수영복을 널어두고 작은 화분들을 들여놓는 저녁에

영원히 돌아오는 사람이 있었다
사진으로 봤던 사람이 울고 있었다
나와 만난 적 없이 나를 증오하는 사람은 무슨 감정일까
기분의 비린내는 눈물에도 씻기지 않았지만

너무 많이 울고 난 후에는 눈물이 마른다는 말을 이해했다
시신을 불태우는 동안 우리는 노란색 식권을 받고 울음을 그쳤다

통유리 안에서 흰 마스크를 한 사람이 가루를 쓸어 담고 있었다

(『시로여는세상』 2018년 가을호)

첫 장면부터 "정어리 통조림 국물 냄새"가 등장하여 강렬한 후각적 자극이 전달된다. 비린내를 씻어내려는 동작처럼 손을 씻는 장면이 나오고 이어서 자리에 누워 어깨를 만졌다는 구절이 나온다. 무슨 영문인지 알고 싶게 호기심을 일으키기에 충분한 도입부이다. 다음 장면에는 뼈가 등장한다. 앞에 나온 "어깨"와 희미하게 연결되기는 하지만 갑작스러운 진술이다. "여름의 조각들"이 잘 수습되지 않는 뼈와 다음 장면의 바닷가를 잇는 연결고리로 작용하게 된다. 바닷가 장면은 전형적인 바캉스 풍경인 듯하지만 역시 모호한 구석이 있다. 이 장면에서는 비교적 길게 바닷가의 커다란 빵 공장과 그곳에서 일하는 청년의 얼굴과 손놀림, 그 청년을 구경하는 '나'의 모습을 묘사한다. 이 장면의 끝에는 "사랑도 자살처럼 자꾸 시도하게 된다"는 구절이 의미심장하게 박혀 있다. 사랑과 죽음은 비극적인 연인들처럼 한몸을 이룰 경우가 많다. 다음 장면들도 이러한 역설적인 상황들을 담고 있다. "애완견을 버리려고 떠난 바캉스"라니, 대개는 바캉스를 위해 애완견을 버리지 않는가. 그렇다면 다음 장면의 "영원히 돌아오는 사람"은 역으로 영원히 떠나간 사람일 수 있겠다. 마지막 부분은 시신을 불태우는 화장장을 묘사한 것인데, 앞에 나온 바닷가 빵 공장 장면과 묘하게 오버랩 된다. "하얀 작업복에 마스크를 한 청년"과 마지막 구절의 "통유리 안에서 흰 마스크를 한 사람"도 유사한 느낌을 준다. 뼈와 밀가루, 떠남과 돌아옴, 사랑과 죽음이 겹쳐지며 기묘한 상념을 불러일으킨다. "어두운 여름"이라는 제목이 암시하듯, 이 시는 여름의 강렬한 태양이 사랑을 부르기도 하고 죽음을 부르기도 하는 것처럼 모순이 지배하는 삶의 기이한 면모를 감각적으로 포착하고 있다. (b)

미투혁명전(展)

김자흔

깊고 깊은 숲속엔 아직 아무도 본 적 없는 성이 있다고 알려졌습니다

그곳엔 물레 돌리다 바늘에 찔린 공주가 백 년 잠에 들어 있다고 했습니다

그 주위에는 찔레나무가 자라 사람들의 접근을 막았습니다

함부로 다가갈 수 없으므로 그 성은 점점 높고 견고해졌습니다

펠리우스는 한 손에 빛나는 황금사과를 들고 유혹했다
"세상의 모든 권력과 명예를 네 손에 넣어줄게"
그러나 황금사과는 독사과였다
황금사과를 받아든 공주는 깊은 잠에 빠져들었다

일곱 난장이가 들고 일어섰습니다

쿵쿵 찔레가시나무를 찍어냈습니다

깊은 숲속 잠을 흔들어 깨웠습니다

미투였다
위드유였다

봇물이었다
혁명이었다

님프가 하프를 연주했습니다

판도라 상자가 열렸습니다

봉인된 금기를 해제시켰습니다

(『문예연구』 2018년 여름호)

2016년 말부터 시작된 한국 사회에서의 "미투혁명"은 계속되고 있다. 문화계 및 예술계, 교육계, 정치계, 종교계, 체육계, 직장, 가족 등 다양한 곳에서 성폭력의 문제가 폭로되고 있는 것이다. 그 결과 대중의 인기가 높았던 정치인이나, 문인, 연예인, 감독 등이 대가를 치르고 있다. 이와 같은 "미투혁명"은 앞으로 지속될 것으로 보이는데, 우리 사회가 감당해야 할 면이다.

"미투" 운동이란 '나도 고발한다'는 뜻으로 성폭력 피해자들이 소셜 네트워크 서비스(SNS)를 통해 자신의 피해 상황을 고발하는 것으로 경험을 공유하면서 연대할 것이라는 메시지가 들어 있다. "미투" 운동은 2006년 미국의 사회운동가인 타라나 버크(Tarana Burke)가 성범죄의 위험에 놓인 유색 여성 청소년을 위한 '저스트 비(Just Be)'를 설립하고 'Me Too'라는 문구를 쓰자고 제안하면서 시작되었다. 2007년 배우 알리사 밀라노(Alyssa Milano)가 트위터를 통해 '미투 해시태그(#MeToo)'를 붙여 성폭력을 고발하고 연대하자고 제안하면서 전 세계에 빠르게 확산되고 있다. "미투" 운동은 "세상의 모든 권력과 명예를 네 손에 넣어줄게"라고 유혹한 "펠리우스" 같은 권력형 성폭력이 밝혀지면서 더욱 주목받고 있다. (c)

내소사 숯을 연꽃살문

김종숙

내소사
숯을 연꽃살문
물색 다 버린
선한 나무꽃이여

가난한 이름 하나로 적막의 그늘을 지나고 있구나

저녁이 오는 소리 알아채고
도려낸 살점들
수차
자분자분 부르시다
맑음 속으로 드신 내 아비
저 꽃창살 너머 계시나

기억의 지문만
오롯한
시들지 않는
꽃이여

(『여수작가』 2018년 6호)

위의 작품의 화자가 "내소사/솟을 연꽃살문"은 "물색 다 버린/선한 나무꽃"이라고 비유한 것은 정감을 준다. 그 선한 꽃의 주체가 "가난한 이름 하나로 적막의 그늘을" 안고 있는 "내 아비"이기 때문이다. 법당의 문은 이승과 극락 세계의 경계이므로 그곳에 장식되어 있는 "꽃"은 이승의 티끌을 털고 극락으로 들어가는 숭고함의 표현으로 볼 수 있다. 곧 법당의 출입문에 장식되어 있는 "꽃살문"은 부처를 경배하는 최상의 공양물인 것이다. 따라서 "저녁이 오는 소리 알아채고/도려낸 살점들/수차/자분자분 부르시"던 "내 아비"가 "저 꽃창살 너머 계시"기를 기원하는 화자의 마음은 소박함을 넘어선다. 화려하면서도 아름다운 "솟을 꽃살문"에 "아비"의 안락과 평온을 기원하는 마음은 이루 말할 수 없이 간절한 것이다. "내소사"는 전북 부안군 진서면 석포리에 있는데, 그곳 대웅전의 "솟을 연꽃살문"이 유명하다. (c)

두드리는 삶

김지녀

고기를 망치로 두드리다
내 손가락까지 두드렸지
뼈가 있다는 건 알고 있었지만
뼈가 쉽게 부러진다는 건 잘 모르고 있었지
고기의 테두리가 넓어질 때 마음이 넉넉해지는 것 같았는데
부드럽게 으깨지는 살이
나에게 있는 건 알고 있었지만
내가 망치를 들고 있었다는 건 잊고 있었지

두 손을 보았지
수백 개의 손인 것처럼 누군가의 문을 두드리고
꼬부라진 허리를 끌어안고 히죽대면
이젠 뼈만 튀어나온 두 손이
두려움에 떨었지
먼 길을 다녀온 것처럼 두 눈을 두드렸지
오그라든 삶이 한 무더기
내 앞에

우리를 주어 자리에 놓고
우리는
우리를
우리에게
나는 망치질을 했지 우리의 테두리가 넓어지면 어떤 싸움에서든 이
길 것 같아

나에게 저주를 퍼붓던
욕을 하고 돌아섰던
사람들을 되돌려 세울지 몰라
두드렸지 두드렸지

그러나 주어가 사라진 날이 많아졌지
고기를 먹는 날이 많아졌지
핏물이 번질 때
묵은 체중이 내려가는 것 같았는데
좀 더 나는 포악해졌어 괴로워졌어
우리에서 빠져나온 것처럼

하루 종일 쓴 시를 망치로 두드렸지
글자들이 으깨져
조금씩 얇아지고
글자는 테두리가 넓어져서 시인지조차 모르게 사라졌지
망치를 던져버렸지

밥을 먹었는지 안 먹었는지까지 잊어버리는 삶이 되면
찾아오지 말라고 당부했지
내 앞에 가장 오래 앉아 있는 사람에게
두드리지 말라고
두드려도 내가 넓어지지 않는다고

（『시작』 2018년 봄호）

고기를 부드럽게 하려고 망치로 두드리다가 자신의 손가락을 두
드리고 만 황당한 경험을 바탕으로 하고 있는 시이다. 뼈가 부러지고 살이 으
깨질 정도로 참담한 결과가 발생한 상태에서 어지럽게 떠오른 갖가지 생각들
이 생경한 감각들과 함께 돌출하고 있다. 망치에 가격당한 손은 얼얼한 통증
때문에 자신의 것이 아닌 것처럼 "수백 개의 손"으로 증폭되고, 뼈까지 드러
난 두 손을 바라보는 '나'의 눈길은 먼 길을 다녀온 자의 그것처럼 힘겹고 무
겁기만 하다. 돌이켜보면 무엇을 위해 그리도 열띤 망치질을 해댔나 싶다. 오
그라든 한 무더기 삶을 펴기라도 하듯 '나'는 두드리고 또 두드려왔던 것이다.
"우리"의 테두리를 넓히면 어떤 싸움에서든 이길 것 같아 "우리를" 향해 망치
질을 해왔던 것이다. 그러면서 주어가 사라지는 날이 많아지고 '나'는 점점 포
악하고 괴로워진다. 무언가를 편다는 것은 얼마나 어려운 일인가. 하루 종일
쓴 시를 망치로 두드리면 테두리가 넓어지며 넉넉해질 것 같은데, 실상은 "글
자들이 으깨져/조금씩 얇아지고" 시인지도 모를 정도로 너무 넓어져서 사라
져버린다. 이제 시인은 "두드리라 그러면 열릴 것이다"라는 경구와 달리 두드
리는 것이 능사가 아니라는 것을 깨닫는다. 두드려도 열리지 않는 문, 넓어지
지 않는 '나'를 냉철하게 자각한다. 자꾸만 넓어지려는 것도 제어되지 못한 욕
망일 수 있고 무엇이든 넓힌다고 좋아지는 것도 아니라는 사실을 알게 된다.
졸고 있는 선승을 깨우는 죽비처럼 시인의 손가락을 가격한 망치가 간절한 두
드림에 대한 오래된 믿음을 역전시키고 있다. (b)

덜 빚어진 항아리

김행숙

　나는 너를 항아리 만드는 사람으로 키운 줄 알았더니, 너는 항아리 깨뜨리는 사람이 되었구나. 항아리를 빚는다는 것은 안과 밖을 만드는 일이다. 밖이 있어야 안이 생긴다. 안이 있어야 밖으로 나갈 수 있다. 나의 항아리는 밖으로 아름다움을 드러내고 안으로 비밀을 보존한다. 이대로 영원히 멈췄으면, 기도하게 되는 순간이 있다. 그것이 나의 항아리의 형식을 결정한다.

　항아리는 혼돈입니다. 안인 줄 알았더니 밖에 버려져 있더군요. 그래서 밖이구나, 했는데 안에 갇혀서 삼일 밤낮을 울었단 말입니다. 잘 빚어진 항아리*나 덜 빚어진 항아리나 깨지기 쉬운 건 똑같고, 깨지면 환상이 깨지듯 순식간에 항아리는 사라져버려요. 항아리를 만들어야 항아리를 깨뜨릴 수 있습니다. 태어나야 죽을 수 있습니다. 가마에 불을 지피며 죽음, 다가오는 죽음을 뜨겁게 묵상합니다. 선생님은 죽음의 불꽃 속에 있지 않습니까?

　나는 나의 항아리를 깨뜨리려고 너를 키웠구나. 너는 도끼를 들고 글을 쓰는 거냐? 손목은 도끼를 들어 올리려 하는데 도끼가 손목을 부러뜨리는구나. 어리석은 자여, 네가 감당할 수 있는 무기가 아니라면 무기가 너를 사용할 것이다. 말하라, 내가 누구냐? 내가 누군 줄 알아야 네가 누군지 알지 않겠느냐.

선생님이 항아리를 만들면 나는 항아리를 깨겠습니다. 어떤 항아리에서는 술이 익어가고, 어떤 항아리에서는 시체가 썩어갑니다. 어떤 항아리에서는 뱀이 기어 나오고, 어떤 항아리 속에는 총 한 자루가 끈적이는 침묵에 빠져 있습니다. 우리는 언제나 망설이고 있었습니다. 항아리에 손을 넣는 것이 두렵습니다. 항아리에서 손을 빼는 것이 더 두렵습니다. 선생님의 손은 어디에 있습니까? 선생님은 선생님의 말을 이해 못하고, 나는 나의 말을 이해 못합니다. 어느덧 누가 누구의 말을 하는지, 누가 밖에 있고, 누가 안에 있는지 모르게 되었습니다.

그러나 너는 한 개의 항아리도 완성하지 못하지 않았느냐. 한 번만 더 묻자. 너는 누구냐? 네가 누군 줄 안다면, 내가 누군지 알 수 있지 않겠느냐.

* 클리언스 브룩스, 『잘 빚어진 항아리』.

(『시인동네』 2018.9)

이 시의 제목인 '덜 빚어진 항아리'는 글자 그대로 '잘 빚어진 항아리'의 패러디로서 신비평에서 중시하는 시의 유기적 형식에 대한 비판적인 시각을 드러내고 있다. 시로 쓴 시론에 가까운 사변적인 내용을 담고 있지만, 클리언스 브룩스를 연상시키는 스승과 시인 자신을 연상시키는 제자를 등장시켜, 두 사람이 주고받는 팽팽한 문답을 이어가면서 시적인 긴장과 흥미를 고조시키고 있다.

'잘 빚어진 항아리'를 중히 여기는 스승은 항아리의 안과 밖처럼 시의 내용과 형식은 서로를 필요로 하며 그것이 최적의 상태를 이루는 미적인 순간이 있다고 확신한다. 이에 비해 제자는 항아리는 안과 밖을 구분할 수 없는 혼돈 같은 것이고, 그것은 한순간도 어떤 완벽한 정지의 상태에 있지 않고 늘 깨지면서 새로워지는 것이라고 주장한다. 제자의 이런 발칙한 답변에 흥분한 스승은 항아리를 깨려는 제자의 무모하고 어리석은 시도를 나무란다. 그러나 제자는 끝없이 항아리를 깨는 것을 자신의 시업으로 삼겠다고 다짐한다. 제자에게 항아리는 가늠할 수 없지만 끝없이 이끌리는 미지의 존재이다. 마지막 장면에서는 스승도 혼란에 빠진 듯하다. 한 개의 항아리도 완성하지 못했으면서 계속 항아리를 깨겠다고 고집하는 제자에게 "너는 누구냐?"고 묻는다. 스승이 평생 지켜왔던 시에 대한 확고한 신념이 흔들리고 있음을 알 수 있다. 급기야 "네가 누군 줄 안다면, 내가 누군지 알 수 있지 않겠느냐."고 한다. '잘 빚어진 항아리'라는, 시에 대한 견고한 정의가 시대에 따라 바뀔 수 있음을, 어쩌면 '덜 빚어진 항아리'야말로 끝없이 다시 쓰일 수밖에 없는 시의 비밀을 내포하고 있음을 생각해보게 하는 시이다. (b)

소년의 피로 물든 나무

봄이 왔는데 수선화는 피지 않았다. 1987년은 자살이 어울리는 해였는지 모른다. 민주주의는 소년의 피를 뿌려야만 자라는 나무인가. 군부 독재를 반대하던 박종철은 물고문으로 죽었고, 이한열은 최루탄을 머리에 맞아 죽었다. 수선화도 죽었다.

여름이 왔는데 신문을 읽지 않았다. 대자보에 실린 광주의 피 흘리는 사진을 보면 자살 충동에 시달렸다. 데모하는 선배에게 장학금으로 회유하던 유학파 교수 A의 입에서 침이 튀겼다. 그 수업 시간에는 맨 뒷자리에 앉아 소설을 읽었다.

코끼리 무덤 같은 강의실에 진리는 보이지 않았다. 한낮의 권태처럼 파란 넥타이를 맨 교수 A의 수업은 지루했다. 1987년은 불구의 시대였다. 서른 번의 겨울이 지나 신세계 영화관에서 개봉한 영화 〈1987〉을 본다. 옆자리에 앉은 여자의 바이러스가 옮겨왔는지 기침이 난다. A형 독감이다.

희랍의 신화를 읽는다. 늙고 병든 왕을 물러나게 하려고 소년의 피를 제물로 바쳤다. 꽃집에서 히아신스, 수선화, 글라디올러스를 산다. 소년의 붉은 피는 꽃보다 아름다운데 소년의 어미가 운다. 가슴을 쥐어짜는 만년의 울음처럼, 온몸에 신열이 난다.

1979년 10 · 26사건으로 유신 시대가 막을 내렸지만 국민이 주인
이 되는 시대가 되지 못했다. 정권을 잡은 신군부는 1980년 5월 17일 비상계
엄령을 전국으로 확대하는 것을 시작으로 광주민주화운동의 무력 진압, 야당
정치인 김대중 사형 선고, 삼청교육대 순화 교육, 사회정화위원회 설치, 국가
안전기획부(안기부) 발족 등 무력으로 국정을 장악해나갔다. 그렇지만 민주주
의의 실현과 역사 정의을 염원하는 대학생들은 신군부의 탄압에 분연히 맞섰
다. 1986년 4월 28일 서울대학교 김세진 · 이재호 학생의 분신자살 이후 "군
부 독재를 반대하던 박종철은 물고문으로 죽었고, 이한열은 최루탄을 머리
에 맞아 죽"은 것이 그 여실한 모습이다. 대학생들이 "민주주의는 소년의 피
를 뿌려야만 자라는 나무인가"라고 자문하면서 "자살 충동에 시달렸"을 정도
로 1980년대는 "불구의 시대였다". 위의 작품의 화자는 "서른 번의 겨울이 지
나 신세계 영화관에서 개봉한 영화 〈1987〉을" 관람하면서 아직도 "온몸에 신
열이" 나는 것을 느끼고 있다. (c)

동화(童話)

김희업

올라간다고 달라질 게 있겠니
신분 상승도 아닐 텐데
더구나 너의 의지도 아닐 텐데
너는 벼가 되지 못한 볏과 야생화
잃어버린 동화와 잊힌 동화 사이에서
지상은 여전히 황량하게 묘사되어 있을 뿐
어찌어찌해서 콘크리트와의 합일을 이루어냈다지만
풀냄새 맡을 수 없는 이곳
옥상의 달빛을 홀로 받아내고 있었구나
환하게 기우는 너의 허리가 유독 부드러운 밤이다
밤은 언제나 그렇듯 사랑하는 자의 몫 아니겠니
별은 격렬한 눈빛에 젖어 있는데 오늘 밤
누가 별을 끌 수 있단 말인가
알고 있니? 별을 살리기 위해 어둠의 희생이 컸다는 거
광야의 도시에서 땅이 없기는 너도 매한가지구나
내몰린 잠을 뜬눈으로 자고 나면
아침은 높은 곳에서 오는 거래, 그래서
아침을 기다리던 기린은 날마다 목이 길어졌다는 거죠
먼 훗날
콘크리트를 뚫은 시멘트 못으로 발굴된들
부디 녹슬지 않기만을
그럼,
안녕! 강아지풀.

(『현대시』 2018.12)

강아지풀은 강아지 꼬리를 닮은 풀로 개꼬리풀이라고도 한다. 대개 길가나 들판에서 자라는데, 이 시에서는 어쩌다 높다란 빌딩의 콘크리트 바닥에서 피어난 강아지풀을 그리고 있다. 벼목 화본과에 속하는 강아지풀은 "벼가 되지 못한 볏과 야생화"에 불과하다. 아무리 높은 곳에 피어났다고 해도 달라질 것이 없고 신분 상승이 되는 것도 아니다. 그런데 전혀 뜻밖의 장소에 피어난 소박하기 그지없는 이 풀이 시인의 동화적인 상상력을 자극했던 것 같다. 풀냄새라고는 맡을 수 없는 삭막한 콘크리트 위에서 강아지풀은 호젓이 옥상의 달빛을 받아내고 있다. 그러고 보니 빌딩의 옥상에는 잠 못 이루는 존재들이 깃들어 있다. 옥상 가득 흘러넘치는 달빛이 그러하고 격렬한 눈빛을 빛내고 있는 별이 그러하다. 별을 살리기 위해 자신을 희생하고 있는 어둠도 뜬눈으로 밤을 지새우고 있다. 광야의 도시에서 밤새 깨어 있던 이들은 아침이 되면 힘없이 사라질 것이다. 권정생의 동화 『강아지똥』에서 가장 비천한 존재인 강아지똥이 민들레꽃을 피워내는 밑거름이 된다는 희망을 이야기하는 것에 비해, 이 시는 어른을 위한 동화처럼 좀 더 현실적이다. 강아지풀은 높은 곳에 피어나게 됐어도 자신을 위한 땅이 조금도 없는 척박한 조건을 견뎌야 한다. 이 엉뚱한 강아지풀이 부디 콘크리트를 뚫은 시멘트못보다 더 강한 녹슬지 않은 생명력으로 오랜 시간을 버텨내기를 시인과 함께 기원해본다. (b)

도취에 대하여

나금숙

영혼을 앗아간다는 빵,
경배자를 찾는 신의 품에서 가져온
안식 한 움큼으로 반죽합니다
아침마다 듣는 새소리는 신탁입니다
많은 이에게 자유를 주려는
필라델피아 자유의 종은
첫 타종에서부터 금이 갔다지요
몇 번 타종에서 금이 가버린 나도
먼 길을 떠나 자유의 종을 보러 갔어요
내가 가면 다른 도시로 흘러가버리는
종소리를 따라갔지요
죽음 분화구 앞에서
노을이 불꽃을 피우는 곳,
하염없는 가능성을 따라가다가
성소의 기둥 같은 고목 아래에서 잠을 청했어요
이른 아침이면
배고픈 짐승이나 새들이 다녀갔지요
먹이가 되다 만 노란 살구 열매들이
향내가 자욱해요
심심한 침묵 뒤에
빛을 뿜고 싶어 안달하는 내 안의
발광체들에게

쉿! 조용히 하라고 했어요
모든 나열과 함열과 수렴과 조합이
뭉게구름처럼 피어나
누군가는 이 하지 축제에 오면
가슴에 구멍이 뚫려요

(『문학과 사람』 2018년 가을호)

영혼을 앗아갈 만큼 격렬한 생의 도취와 신의 품에서 훔쳐 온 안식 한 움큼은 서로 배치되는 것이 아니다. 진정한 안식은 일상의 무미건조함을 넘어서는 극단적인 도취를 필요로 한다. 첫 타종부터 금이 갔다는 필라델피아 의 자유의 종이 대표적이다. 그 종의 균열은 진정한 도취 대신 개념화되고 제 도화된 도취적 자유 또는 안식에 대한 암묵적인 경고다. 몇 번의 타종을 통해 어떤 균열을 경험한 내가 굳이 그 자유의 종을 보러 간 것도 그 때문이다. 나 는 마치 죽음의 분화구에서 노을이 불꽃을 피우듯 어쩌면 무절제한 삶의 열정 으로서 도취가 인간 존재의 비극을 상대화하면서 삶과 사회의 균형을 되돌려 준다는 것을 아는 자다. 나는 또한 그저 평온하고 무사안일한 일상의 파괴 없 이 노란 살구향을 맡을 수 없거나 제 안의 발광체를 만날 수 없다는 것을 확신 하는 자다. 굳이 내가 고목 아래서 한뎃잠을 청하거나 이른 아침 낯선 곳에서 깨어나는 고단한 순례를 자청하는 것은 바로 그 때문이다. 지금 나는 스스로 자유롭기를 바라며 한바탕 벌이는 열광적 도취의 현장. 모든 나열과 함열과 수렴과 조합이 뭉게구름처럼 피어나는 하지 축제는 결코 자기파괴와 사회적 비난을 두려워하지 않은 모험의 여행 없이 불가능하다고 굳게 믿고 있다. (a)

세상에서 가장 작은 이야기

노향림

세상에서 가장 키가 작다는 사내,
콜롬비아 보고타에 사는 이 난장이는
일 미터도 안 된 68.58센티의 키로
기네스북에 등재되어 있다.
어느 날 자신보다 더 작은 키 54.6센티가
네팔의 한 작은 시골마을에 산다는
소식에 그는 크게 실망했다. 그리곤 날마다
길가에 앉아 있는 앉은뱅이 꽃만큼
신에게 자신의 키를 조금만 줄여달라고 기도했다.
그러나 네팔의 찬드라 바바루가
끝내 기네스북에 올랐을 때
나이 많은 74세란 걸 알았을 때
자기보다 더 오래 살도록 신께 기도해주기로 맘먹었다.
노을 속에 선 채 목소리는 반딧불이만 하고
말없음표인 양 키가 줄어졌다 해도 그의 간절한 마음이
하늘에 닿았는지 갑자기 하늘에선 뇌우가
어떤 목통보다 강하게 찌렁찌렁 노래했다.
콜롬비아 보고타에서 한
그의 해맑은 기도 소리가
나에게도 감청(監聽)되었다

(『시와 표현』 2018년 5월호)

콜롬비아 보고타에 사는 어느 난장이는 영국의 한 맥주 회사가 해마다 발행하는, 진기한 세계 기록을 모은 책인 기네스북(Guinness Book)에 일 미터도 안 된 68.59센티의 키로 등재된 바 있다. 하지만 어느 날 자신보다 더 작은 54.6센티의 키를 가진 찬드라 바바루라는 이름을 가진 이가 네팔에 산다는 것을 알고 크게 실망한다. 자신보다 더 작은 키를 가진 이가 나타남으로써 그의 기록이 무산될 위기에 처한 까닭이다. 그래서 그는 평소 믿고 신앙하는 신을 향해 자신의 키를 조금만 줄여달라고 기도한다.

하지만 그의 간절한 소망과 달리, 경쟁자가 끝내 그 기네스북에 올랐을 때, 기꺼이 그는 새로운 기록자가 더 오래 살기를 기도하기로 맘먹는다. 모두가 한결같이 남보다 크거나 높아지기를 소망하는 자본주의적 경쟁 속에서 남보다 더 낮거나 작아지기를 소망하는 난장이의 아름다운 마음씨다. 자신의 소망이나 욕구보다 자신의 존재감을 위협하는 경쟁자를 위해서 간절히 기도할 수 있는, 난장이의 간절한 목청이 모두에게 감청(監聽)되는 날이 더욱 그리운 시절이다. (a)

무화과

베트남 전쟁에 참전해 에이전트 오렌지*를 온몸으로 맛본 그, 돼지우리 옆 누구도 돌보지 않는 무화과나무에 거름을 퍼 나른 건 그뿐이었다 눈 없는 씨앗을 몸 안 가득 품고 꿈틀거리는 청춘을 자신의 손으로 자르며 살았다 술에 취해 마당 우물가에 고꾸라져 개집에 들어가 자도 쓸쓸한 신음이 쏟아져 나올 때 개는 연방 혀로 그의 입을 핥았다

지금, 일흔 넘은 그에게 딸이 있다 손녀도 있다 아내와 딸이 두 손 잡고 그의 호적(戶籍)에 오른 순간 무화과나무에 핀 이파리 눈 없는 씨는 땅속에서도 뒤틀린 힘을 다해 위로 오를 길을 찾았다 거름 냄새를 맡으며 솟아난 가지에 불알을 매단 그는 불임 된 자신을 한 송이 꽃으로 피우고 있다

* 미군에 의해 사용된 고엽제 중 하나.

(『월간 태백』 2018년 3월호)

베트남 전쟁에 참전용사로서 고엽제를 맞은 바 있는 그는 유전자까지 변형시키는 그 고엽제의 후유증 때문에 정상적인 가정을 기대할 수 없는 자다. 특히 별다른 이웃이나 직업이 없이 가난한 그는 누구도 돌보지 않는 돼지우리 옆의 무화과나무에 거름을 퍼 나른다. 무의식적이나마 눈 없는 씨앗을 몸 안 가득 품은 무화과와 자신의 처지에 대한 동질감이 반영이다. 그럼에도 불구하고 달랠 수 없는 생의 쓸쓸함이나 고립감이 밀려올 때면, 오직 자신이 기르는 개만이 유일하게 그와 함께하는 동반자로 남아 있는 그는 곧잘 술에 취하거나 개집에 들어 자는 자기학대의 기행을 보여준다. 하지만 그 와중에서도 그는 다행히 딸과 손녀를 갖는다. 비록 일흔 살이 넘어서이지만, 그는 어엿이 한 가정의 호주(戶主)로서 아내와 딸을 호적에도 올린다. 아무도 돌보지 않는 국가 이데올로기의 피해자로서 호적도 없이 살아오다가 자신이 애써 키운 무화과를 자신의 가족으로 받아들인 결과다. 불임을 앓고 있는 그를 대신하며 이파리와 눈이 없는 무화과가 한 송이 생명을 꽃피우고 있는 것이다. (a)

흰

박관서

내게도 왔었지 남들 몰래 속으로만 우러나는 색이었지
다른 색에 섞이기 전에는 보이지 않아
말없이 말하는 색이었지

생전 처음 찾아간 점집
두더지처럼 아랫배 불거진 아줌마 도사가

"에이, 삼재가 들었었구만. 다 물러갔응게. 궁게 인자, 너무 자신허
덜 말고 잘난 척도 말고, 뭐라뭐라 믿지도 말고 사시란 말요

시상 그런 것 아닝께. 우얗튼, 할 고생 마음고생 다 허고 인자 걱정
허덜 말고. 복채나 두둑이 내놓고 펜히 돌아들 가시씨오이"

등 떠밀었던 아내가 두 손을 모아 허리를 굽신굽신 숙일 무렵에야
슬쩍 보이던

그런, 누구에게 말할 수 없어
깊이 묻어두고 살아가는 그런 든든한 색이 있지

(『딩아돌하』 2018년 겨울호)

위의 작품의 화자는 "생전 처음 찾아간 점집" "아줌마 도사"가 "에이, 삼재가 들었었구만. 다 물러갔응게. 긍게 인자, 너무 자신허덜 말고 잘난 척도 말고, 뭐라뭐라 믿지도 말고 사시란 말요"라고 꺼낸 말을 "흰"색으로 받아들인다. 화자는 흰색을 고귀, 순결, 청정, 순수, 희망 등의 상징으로 여기는데, 담백하고 도덕적인 가치를 지향했던 선비 정신이나 흰옷을 즐겨 입는 사람들의 생활 습관과 유사한 인식이다. 그리하여 화자는 "남들 몰래 속으로만 우러나는 색이었지/다른 색에 섞이기 전에는 보이지 않아/말없이 말하는 색이었지"라고 흰색의 헌신성을 주목한다. 자기 존재를 드러내지 않고도 다른 존재를 이롭게 하는 미덕을 발견한 것이다. 현대사회는 자기 광고의 시대라고 할 정도로 강한 유색이 흰색을 압도하고 있다. 양보나 겸손보다 자기 과시와 이익 추구가 우선시되고 있는 것이다. 따라서 "시상 그런 것 아닝께"라며 "펜히 돌아들 가시씨오이"라는 "아줌마 도사"의 말은 더없이 포근하다. (c)

처마 끝

박남희

사랑의 말은 지상에 있고
이별의 말은 공중에 있다

지상이 뜨겁게 밀어올린 말이 구름이 될 때
구름은 식어져서 비를 내린다

그대여
이별을 생각할 때 처마 끝을 보라
마른 처마 끝으로 물이 고이고
이내 글썽해질 때
물이 아득하게 지나온 공중을 보라

이별의 말은 공중에 있다
공중은 어디도 길이고
어느 곳도 절벽이다
공중은 글썽해질 때 뛰어내린다

무언가 다 말을 하지 못한 공중은
지상에 닿지 않고 처마 끝에 매달린다
그리곤 한 방울씩 아프게
수직의 말을 한다

수직의 말은 글썽이며 처마 끝에 있고
그 아래
지느러미를 단
수평의 말이 멀리 허방을 보고 있다

구릿빛 지느러미는 비린내가 나지 않는다

(『문학과 사람』 2018년 창간호)

사랑의 말은 지상에 있고, 이별의 말은 공중에 있기에 그 둘 사이는 항상 어긋난다. 하지만 뜨겁게 밀어올린 지상의 사랑이 구름이 되어 상승하고, 식은 사랑의 열기가 냉각돼 비로 쏟아지면서 사랑과 이별은 비로소 하나로 이어진다. 처마 끝에 고인 빗물은 그러한 어쩌면 지루하게 반복되는 사랑과 이별을 극화(劇化)하는 매개다. 모든 사랑의 끝에 반드시 찾아오기 마련인, 그 누구도 원치 않는 이별의 시간을 가능한 한 늦추려는 움직임의 하나다. 아니면, 거기엔 불가역적으로 다가오는 이별의 순간을 막아보려는 지난한 사랑의 고투가 담겨 있는 게 빗물이다.

단지 지상에만 머물지 않는 사랑과 공중에만 머물지 않는 이별의 말은 그렇게 접점을 이룬다. 비록 그게 삶의 길이든, 죽음의 길이든 글썽해진 눈물처럼 공중에서 뛰어내림으로써 사랑은 살아 있는 지상의 이별과 만난다. 하지만 미처 달랠 수 없는 공중의 사랑에 대한 갈증은 곧바로 지상에 닿지 않은 채 처마 끝에 빗방울로 매달린다. 그러면서 한 방울씩 아프게 수직의 말을 토해낸다. 하지만 이내 수평의 말은 무심하게 달아날 궁리만 하며 저 멀리 허방을 보고 있다. 빨리 혹은 좀 더 늦게 떠나갈 뿐 불가피하게 다가오는 이별 속에서 좀스럽거나 구차스러운 비린내를 풍기지 않는 게 진정한 사랑의 길이다. (a)

숨통

박노정

누구든 숨통이 막히면 살아남기 어렵다
담쟁이! 벽이든 나무든 닥치는 대로
그 억센 갈키로 차오르며 얽어매는 게 능사다
그런 그도 부드럽고 잎 넓은
호박 넝쿨을 만나면 맥을 못 춘다
물은커녕, 햇빛 한 점 받아 쬘 수 없기 때문이다

며칠 후 누렇게 말라비틀어진 담쟁이의
처참한 모습을 본 적이 있다

(『푸른사상』 2018년 봄호)

"**벽이든 나무든** 닥치는 대로/그 억센 갈키로 차오르며 얽어매는" "담쟁이"는 분명 강자이다. 그렇지만 작품의 화자는 "그런 그도 부드럽고 잎 넓은/호박 넝쿨을 만나면 맥을 못 춘다"고 약자의 편을 들고 있다. 힘이 억세고 자만하는 존재들보다 약하지만 부드러운 존재들을, 가난하고 배움이 적지만 지혜로운 존재들을 역사의 주체로 내세우는 것이다. 새삼 "최고만이 미덕인 세상에서/떠돌이 백수건달로/세상은 견뎌볼 만하다고/그럭저럭 살아볼 만하다고/성공만이 미덕인 세상에서/끝도 시작도 없이/가랑잎처럼 정처 없이/다만 가물거리는 것들과 함께"(박노정, 「자화상」 전문)라는 노래가 떠오른다.

박노정(1950~2018) 시인은 경남 진주에서 태어나 고향에서 활동했다. 시집으로 『바람도 한참은 바람난 바람이 되어』『늪이고 노래며 사랑이던』『눈물공양』『운주사』 등이 있다. 『진주신문』 대표이사 겸 발행편집인, 진주형평운동기념사업회 이사장, 진주환경운동연합 공동대표, 진주시민사회단체연대회의 대표, 남성문화재단 이사, 진주가을문예 운영위원장 등을 지냈다. 위의 작품은 시인이 생전에 마지막으로 발표한 작품이다. (c)

거미박물관

박설희

어떻게 알았니 거미야
너는 속에서 뽑아낸 실을 외부에 내걸지만
나는 내 속에 촘촘히 건단다
어떤 유혹과 갈망이라도 포획할
한땀 한땀

속에서 자라는 팔닥이는 것들
나비 같고 하루살이 같고 불나방 같은 것들을
스스로 그물을 쳐
잡아먹는 습성
들키지 않으려는 습성

몇 개의 줄을 쳤는지
어떤 바람이 불어 찢겨져 나갔는지
아무도 모른단다

과부거미도 타란튤라도
평생 뜨거운 어둠 속에 웅크리고 있는데

손바닥 위에 거미를 올려놓는다, 그득하다
몸통과 다리에 털이 많아 보드랍고 따스한 그것
숨죽이고 있다
내 체온과 혈관 속 피의 흐름을 가늠하는 듯하다
몸속 거미줄을 찾고 있는 듯하다

(『시와정신』 2018년 여름호)

위의 작품의 화자는 "거미야/너는 속에서 뽑아낸 실을 외부에 내걸지만/나는 내 속에 촘촘히 건단다"라고 대조적으로 인식하면서 "어떤 유혹과 갈망이라도 포획할/한땀 한땀" 치는 자신의 삶을 강조하고 있다. 그리하여 "속에서 자라는 팔딱이는 것들/나비 같고 하루살이 같고 불나방 같은 것들을/스스로 그물을 쳐/잡아먹는 습성"이며 "들키지 않으려는 습성"을 삶의 방식이자 도덕적 가치로 내세운다. 그것은 "몇 개의 줄을 쳤는지/어떤 바람이 불어 찢겨져 나갔는지/아무도 모"를 정도로 엄격하고도 치열하다. 그러므로 내면화된 습성을 수동적이라거나 소극적인 것으로 보아서는 안 된다. 오히려 자신을 나쁜 짓을 부끄러워하고 다른 사람의 나쁜 짓을 미워해서 의(義)의 실마리가 되는 수오지심(羞惡之心)처럼 옹골차다. "몸속 거미줄을" 촘촘하게 칠수록 우리의 삶은 견고하고 강인해진다. (c)

백중, 소나기맹키로

박성우

이른 아침부터 이장님 방송이 나와
음력 칠월 십오일, 백중이라는 걸 알았다

아침부터 몰려나온 우리는 예전처럼
길가 무성한 풀부터 말끔히 잡았다
마을 사람들은 이내, 달에서 가져온
꽹과리 징 장구 북을 쳐대며 풍물판을 벌였다
김영만 전 이장님은 노련하게 짬을 내어
그새, 고추를 널찍널찍 널어두고 왔다고 했다

마을회관 앞 느티나무 아래서 곧
백중 윷판이 벌어졌지만 나는
지난해와는 달리 윷판에 끼어들지 않았다
고소한 기름 냄새가 나는 곳으로 가서
파전 부치는 일에 어설픈 손을 좀 보태다 돌아왔다

마감 넘긴 원고 앞에서 전전긍긍하고 있는데
날이 꾸물거리는가 싶더니
툭 투둑 투두둑 갑자기 비가 치는 소리 들려왔다
소나긴가? 문득 김영만 전 이장님이
길에 넌 고추가 있는 쪽으로 뛰어가 보았다

아침에 널었을 고추는 그 자리 그대로였다
어, 어쩌지? 무작정 달려들어 고추를 걷어
부랴부랴 길옆 비닐하우스 안으로 옮겨갔다
당최 안 쓰던 힘을 쓰려니 숨이 헉헉 몰려오는데
마을회관 쪽에서 사람들이 몰려오고 있었다

맘 편히 술 한 잔 험서 쉴라고 혔드만 뭔 쏘내기여,
후다닥후다닥 왜틀비틀 고추를 걷으러 몰려오고 있었다

(『시와사상』 2018년 겨울호)

"음력 칠월 십오일"은 전통적인 보름 명절의 한 가지인 "백중"(百中)이다. 이 무렵 과일이며 채소가 많이 생산되어 백 가지 곡식의 씨앗을 갖추어놓는 데서 유래된 이름이다. "백중"이 되면 마을 사람들은 모여 과실들을 차려 제사를 지내고 음식을 나누어 먹으며 놀았다. 농사의 수고를 서로 위로하고 풍년을 기원한 것이다. 이날은 머슴들도 일을 하지 않고 쉬며 즐겼고, 장날도 성시를 이루어 씨름판 등의 놀이가 펼쳐져 사람들을 흥겹게 했다.

　위의 작품에서도 "백중" 날이 되자 "마을 사람들은 이내, 달에서 가져온/꽹과리 징 장구 북을 쳐대며 풍물판을 벌였"고, "마을회관 앞 느티나무 아래"에서는 "윷판이 벌어졌"다. 그러는 중에 "소나기"가 와서 마을 사람들은 누구네의 것을 가리지 않고 비설거지를 했다. "백중" 놀이가 공동화된 마을을 살리고 있는 것이다. (c)

하평이발소
— 밀레의 〈만종〉

밀레의 저녁은
붉은 노을과 함께 온다
밀레의 젊은 부부는
어둠이 내리는 밭에서 기도한다
초등학교 시절에 나는,
한 달에 한 번쯤은
이발소에 가서 밀레를 만났다
성당의 종소리 울리는
농토를 만나고
저무는 하늘을 만났다
나는 집으로 돌아오는
어둑한 논둑길에 서서
그림 속 사람처럼 기도하는 흉내를 냈다
어쩌다 다른 이발소에선
돼지 그림과 꽃 그림을 만나기도 했지만
우리 동네 이발소에선
밀레의 〈만종〉을 만났다
두 손을 잡고 기도하며 맞이하는
저녁의 경건함을 배웠다

지금은 늙은 건물만 서 있는
하평이발소는
내 인생의 미술관이었다

흔히 '이발소 그림'으로 대변되는 키치(Kitsch)는 속악한 것이나 본래의 목적으로부터 빗나간 조잡한 것을 가리킨다. 얼마 전까지 우리 주변에서 쉽게 볼 수 있었던 밀레의 〈만종〉도 그중의 하나다. 어린 시절 이발소나 버스 운전기사 좌석에 걸려 있는 아름다운 자연 풍경이나 기도하는 성자 그림 등 앞 뒤 문맥 없이 서로 이질적인 것들을 꿰어 맞춤으로써 어색하고 촌스러운 그림들이 키치 예술로 분류된다. 고도의 작가적 긴장과 시대정신의 반영으로서 예술 경험보다는 일종의 값싼 위로와 이완 작용으로써 쉽게 소비할 수 있는 쾌락의 경험을 요구하는 측면이 강한 게 키치 예술의 가장 큰 특징이다.

그렇다고 해도, 별다른 문화 예술적 향수를 누릴 수 없는 벽촌(僻村)에서 고급예술 측면에서 보면 매우 허드레한 그 밀레의 〈만종〉을 통해 나는 하루의 무사함에 감사할 줄 아는 마음을 배운 바 있다. 그저 값싸고 감각적인 키치 예술을 통해 나는 현대인들이 탐하는 예술적 깊이보다 더 소중한 삶의 경건함과 더불어 대지의 노동에 감사하며 두 손을 잡고 기도하며 평화로운 저녁을 맞이할 수 있는 삶의 관용과 신성함을 체득한 바 있다. 하지만 지금은 늙은 건물만 서 있는 하평이발소의 복제품 그림은, 여전히 나에게 변치 않는 단순하고도 순수한 진실을 간직하고 지켜가는 시인으로 만드는 거울로 작용하고 있다. (a)

가족에 대하여

박판식

논두렁에 처박힌 자동차다
후진밖에는 길이 없는 막다른
그곳에서 허허벌판 보드라운 흙 속에
발목을 처박고 바퀴가 헛돈다
헛돈다 추수 끝난 황무지
어머니는 나를 낳았지만 나는 아직 태어나지 않았다
아버지, 아버지는 불행의 증인이다 나도 그 나이쯤 되면
이 세상에다 한마디 할 거다, 울면서
2km 논길을 걸어온 아내가 처녀 같다 나는
괜시리 즐겁다 어두컴컴한 창에다
자꾸 얼굴을 들이미는 망아지

(『시산맥』 2018년 봄호)

주로 부부를 중심으로 한 혈연을 매개로 이루어진 가족은 사회의 기초 단위로서 평화와 행복을 최우선시하는 최소 집단이다. 가족 구성원들 간의 상호 신뢰와 애정 속에서 외부의 위협과 시련을 넉넉히 견디게 하는 게 전통적인 의미의 가정상이다. 하지만 여기에서 가족은 후진밖에는 길이 없는 논두렁에 처박힌 자동차처럼 서로를 구속한 채 겉도는 가족이다. 분명 자신을 낳았던 어머니지만, 그러나 나는 아직 태어나지 않았다고 우길 만큼 스스로의 존재를 부정하는 상태다. 관습적인 권력들을 대표하는 이전처럼 아버지가 가부적인 권력을 행사하는 대신, 불행의 증인이 되는 형편이다. 당연시되어왔던 가족 간의 사랑과 우애는 파괴되었으며, 무엇보다도 예전에 가족제도를 매개로 통용되던 아버지로 대표되는 가부장의 권력 행사는 더 이상 불가능한 시대에 도달해 있다.

그런 아버지 세대의 몰락 또는 불행을 지켜보았던 아들인 나는 부모와 자식 간의 권력관계가 아니라 힘의 역학관계로서 남편과 아내 중심의 가족제도를 예감한다. 아무도 구원의 손길을 뻗칠 수 없는, 추수 끝난 황무지 같은 가족제도 속에서 논길을 따라 2km를 걸어온 아내만이 나의 구원자로 등장하는 시대가 도래하고 있음을 직감한다. 여전히 허허벌판에 빠져 헛돌고 있는 자동차의 어두컴컴한 창에다 자꾸 얼굴을 들이미는 망아지처럼 나는 기존의 가족제도보다 아내에게 자기 존재의 처분을 내맡긴다. 절대적인 가족의 의미와 전통적인 가족제도가 무의미해지면서 편집증적으로 오직 아내에게 매달림으로써 구원을 얻고자 하는 것이 나의 현재 모습이다. (a)

아파트 임플란트

반칠환

사십 년 아파트가 어금니처럼 뽑혀 나간다.
거기서 나서 거기서 자란 아이들은
떠들썩한 추억을 앨범 속에 끼워 넣고 떠났다.
장롱과 텔레비전과 자전거들이
몇 날을 더 비 맞고 햇볕 쬐다가
눈에 띄게 수척해진 채 어디론가 실려 갔다.

사십 년 정원수들이 뽑혀 나갔다.
꽃은 뿌리에서 가장 먼 곳에서 피지만
뿌리 없이 필 수 없다는 것을
사십 년 동안 보여 주었지만
집게차가 산 나무를 부수는 동안
아무도 찾아와 말리지 않는다.

저도 몸을 잃은 채 뿌리만 남은
메타세콰이어가 집집마다 꿀렁거렸을
텅 빈 정맥을 안고 한사코 놓지 않는다.
붉은 석유 게가 입양기관 직원처럼
능숙하게 떼어놓는다.
터 무늬가 사라진 붉은 잇몸이 드러난다.

현대식 초고층 임플란트를 심을 거라 한다.

밋밋한 산능선 입술 밖으로 불끈 솟을
시멘트 이빨은 코끼리 상아를 본떴다고 한다.
절멸된 검치호랑이를 본떴다고도 한다.
관성처럼 뉘엿뉘엿 저무는 석양을
비스킷처럼 씹어 먹을 거라고 한다.

전망 좋고 쾌적한 첨단 절벽에
날개 달린 사람들이 입주할 거라고 한다.
베란다에서 손을 내밀어 토끼와 항아가 철거당한
낮달을 뻥튀기처럼 베어 먹을 것이라 한다.
새들도 조감하지 못하는 아득한 높이에
목뼈가 부러진 새들이 수북이 잇몸에 떨어질 것이라 한다.

사십 년 아파트가 어금니처럼 뽑혀 나간다.
터 무늬를 실은 붉은 흙들이 실려 나간다.
칠 년째 잠자던 굼벵이들이 덤프트럭에서 깨어
터무니없는 우화를 준비한다.
채 말리지 못한 날개를 치며
돌아오지 못할 곳까지 날아오를 것이라 한다.

(『시와시학』 2018년 겨울호)

아파트가 재건축되려면 모든 구성물들을 허물고 정지작업이 이루어진다. 40년 넘는 세월 동안 아파트 안을 가득 메웠던 아름드리나무들은 어떻게 되는가? 누구든 이런 궁금증을 한 번쯤 품어보았을 법하지만 아무도 나무가 제거될 때 찾아가 말리지는 않는다. 수십 년 세월 동안 건물 구석구석까지 뿌리를 드리웠던 나무들은 한사코 매달린 채 떨어지려 하지 않는다. 사나운 포크레인이 "입양기관 직원처럼/능숙하게 떼어놓는다". 본래의 이가 몽땅 뽑히고 난 자리처럼 붉은 잇몸이 드러난 터에 "현대식 초고층 임플란트"를 심게 된다. "시멘트 이빨"이 "절멸된 검치호랑이를 본떴다고도 한다"거나 "저무는 석양을/비스킷처럼 씹어 먹을 거라고 한다"는 전언은 불길하다. "초고층 임플란트"는 너무 높고 사나운 형상이다. 낮달보다도 높이 솟은 이것은 낮달을 뻥튀기처럼 가볍게 베어 먹을 것이다. 새들도 이것을 넘지 못해 목뼈가 부러진 채 수북이 쌓일 것이다. 오래된 아파트가 뽑혀져 나가는 바람에 칠 년째 깊은 잠에 빠졌던 굼벵이들이 덤프트럭에 실려 가다 "터무니없는 우화를 준비한다". 오래된 아파트를 재건축하는 일이 거기 깃들어 살던 생명체들에게는 생니를 뽑고 임플란트를 하는 것만큼이나 심각한 타격을 줄 수 있다는 사실이 절실하게 다가온다. 새들도 넘지 못하고 매미도 돌아오지 못할 그곳에서 "날개 달린 사람들"은 얼마나 잘 날아오를 수 있을까. (b)

훗날의 시집

배영옥

필자는 없고
필사만 남겨지리라

표지의 배면만 뒤집어보리라

순환하지 않는 피처럼
피에 감염된 병자처럼

먼저 다녀간 누군가의 배후를 궁금해하리라

가만 내버려두어도
여전히 현재진행형인 나의 전생이여

마음이 거기 머물러

영원을 돌이켜보리라

『시인동네』 2018년 9월호)

필자는 없고 필사만 남겨지는 미래적인 것의 현재는 기대다. 시집 표지가 아니라 그 배면을 뒤집어보는 행위 속엔, 따라서 이미 현존하고 있지만 동시에 다가오고 있는 것에 대한 기대가 포함되어 있다. 마치 순환하지 않은 피나 그 피에 감염된 병자처럼 죽음을 앞두고, 죽음을 미리 앞당겨 생각해보는 시인의 모습이 바로 그렇다. 죽음을 앞둔 한 시인으로서 그녀는 먼저 다녀간 누군가의 배후를 궁금해하듯 자신을 치장하지 않고 되돌아봄으로써 미래를 기약한다. 그야말로 가만 내버려두어도 여전히 현재진행형인 자신의 전생 또는 과거를 현재화함으로써 미래를 향한 가능성을 제고한다. 그러니까 영원의 입장에서 보면, 우리 모두는 그녀처럼 죽은 혹은 죽어가는 자이자 부활을 예비하는 자이다. 마지막 유고작인 셈인 이 시를 통해, 슬프게도 그녀는 우리들 모두에게 마지막 작별인사를 전함과 동시에 미래로 나아가는 영원의 출사표를 보여주고 있다. (a)

개의 정치적 입장

배한봉

개들이 짖는 소리를
개소리라 한다.
그것은 개들의 대화이기도 하고
개들이 달을 보고 하는 뻘짓이기도 하다.

사람끼리 가끔
개소리 한다고 할 때가 있다.
사람 안에 개가 들었다는 말이다.

개들도 그럴 때가 있을까.
개 안에 사람이 들어
울부짖으면
사람 소리 한다고 개들끼리 수군거릴까.

그러면 그것은,
욕설일까,
정치일까,
철학의 한 유파를 형성할 수 있을까.

벽에는 커다랗게 얼굴 사진을 새긴 포스터가
일렬횡대로 붙어 웃고 있다.

벽보 앞을 지나가다 나는
개 짖는 소리를 듣는다.
이것은
정치적 혐오일까, 무관심일까, 참여일까.
골목 앞, 신들린 무당집 개가
아무나 지나갈 때마다
컹컹컹, 컹컹 자꾸 묻는다.

(『시사사』 2018년 9~10월호)

위의 작품의 화자는 "벽보 앞을 지나가다 나는/개 짖는 소리를 듣는다./이것은/정치적 혐오일까, 무관심일까, 참여일까."라고 물으며 오늘날의 정치 상황을 풍자하고 있다. 우리나라의 선거는 국민들로부터 신뢰를 얻지 못하고 있다. 국회의원이나 지방자치단체의 장이나 지방 의회의 의원을 뽑는 선거의 경우 모든 후보자들이 지역의 일꾼이 되겠다고 목소리를 높이지만 유권자들은 귀 기울여 듣지 않는다. 심지어 "개소리"라고 냉소하며 비웃는다. 그 이유는 일꾼이 되기보다는 하나의 특권 계급이 되어 부정부패를 일삼기 때문이다. 그리하여 정치인들은 우리 사회에서 가장 무능하고 부패한 집단으로 비난받고 있다. 그렇지만 우리의 비난이 정치 자체에 대한 불신과 냉소의 확대를 가져와서는 안 된다. 민주주의 제도가 위험할 수 있기 때문이다. 따라서 정치인들로부터 실망하더라도 우리는 정치에 더욱 참여하고 감시하고 개혁을 요구해야 하는 것이다. (c)

열여섯 살 여름

백무산

책 한 권을 샀다. 동인동 헌책방 골목에서
이백 원을 주고. 『지(知)와 사랑』
제목이 근사해서다.
지은이는 이름만 아는 헤르만 헤세.
나중에 안 일이지만 원제목은
『나르치스와 골드문트』였다.
책을 고르던 여학생들이 수군거렸다.
저런 걸 어떻게 읽나?

내가 읽을 책이 아니었기 때문이었다.
중학생 때 신문 배달을 같이 했던 친구에게
생일 선물로 줄 작정이었다.
진학 못 한 그 녀석은 괴물이었다.
생긴 건 찌질하고 표정은 돌부처 같고
말도 좀 더듬었지만
입 한번 열면 둘러앉은 친구들 입을 다물지 못했다.
그 녀석은 어떤 때는 아버지 농사일로
또 어떤 때는 열차에서 신문을 파느라
또 어떤 때는 문학책에 빠져 학교는 건성으로 다녀도
시험 성적 나오면 선생님도 입이 벌어졌다.
그 녀석이 죽었다. 내 선물 받기도 전에.

왜 죽었는지 나는 모른다.
책을 들고 찾아간 집 앞에서 마주친 그의 아버지가
지게에 똥물을 뚝뚝 떨구며 똥장군을 지고 가다가
"그놈은 보름 전에 죽어뿟다" 그 한마디밖에 듣지 못했다.

나는 그 책을 친구인 양 끼고 다녔다.
그러다가 감히 엄두도 못 내던 그 책을
읽기 시작했다. 학교도 빼먹었다.
가슴이 터질 것만 같았다.

나는 예술적 인간 골드문트가 되고 싶었다.
아니 지적인 인간 나르치스가 되고 싶었다.
아니 골드문트가 아니 나르치스가
아니 나르치스가 아니 골드문트가 되고 싶었다.
그 책은 나를 방랑자로 만들었다.
그리고 나의 방랑은 멈출 줄 몰랐다.
차라리 방랑을 하기로 작정을 했다.
방랑은 흔들리는 것이 아니라,
왼쪽으로 또 오른쪽으로
노를 젓는 것이리라.
항구가 아닌 바다로 향하는 작은 배를 타고.

(『푸른사상』 2018년 겨울호)

위의 작품의 화자는 젊은 시절 한 친구와의 인연을 통해 방랑하는 삶을 살았음을 고백하고 있다. 그 친구는 "중학생 때 신문 배달을 같이 했던" "녀석"이었는데, 학교 진학은 하지 못했지만 "괴물이었다". 그는 "생긴 건 찌질하고 표정은 돌부처 같고/말도 좀 더듬었지만/입 한번 열면 둘러앉은 친구들 입을 다물지 못했"을 정도였다. "어떤 때는 아버지 농사일로/또 어떤 때는 열차에서 신문을 파느라/또 어떤 때는 문학책에 빠져 학교는 건성으로 다녀도/시험 성적 나오면 선생님도 입이 벌어졌다". 그런데 화자가 "생일 선물"로 산 『지(知)와 사랑』을 전해주려고 찾아갔을 때 그 친구는 이 세상에 없었다. 화자는 큰 충격을 받고 인간의 삶과 죽음이 결코 멀리 있는 일이 아니라는 것을 깨달았다.

화자가 젊은 시절 방랑하게 된 데는 『지(知)와 사랑』의 영향 또한 컸다. 화자는 "감히 엄두도 못 내던 그 책을/읽기 시작했"는데, "학교도 빼먹었"고 "가슴이 터질 것만 같았다". 그 책에 나오는 "예술적 인간 골드문트가 되고 싶"기도 했고, "지적인 인간 나르치스가 되고 싶"기도 했던 것이다. 그리하여 그 책은 화자를 "방랑자로 만들었"는데, 그 "방랑은 멈출 줄 몰"라 "차라리 방랑을 하기로 작정"했다. 실제로 "방랑은 흔들리는 것이 아니라,/왼쪽으로 또 오른쪽으로/노를 젓는 것이"라고 볼 수 있다. 지성적인 나르치스와 감성적인 골드문트, 종교적인 나르치스와 예술적인 골드문트가 나눈 사랑과 우정, 이상과 방황을 그려낸 헤르만 헤세의 『나르치스와 골드문트』. 소설 속의 인물들처럼 젊은 날의 영혼은 흔들릴 만하다. (c)

새는 화분처럼 조잘거리고

변종태

점심시간 직전 수업시간. 아이들에게 독서를 시킨다. 종잇장 넘기는 소리만 바스락, 책상도 의자도 입을 다물고, 난데없이 14번 아이의 의자 옹이에서 새가 운다. 누구야? 말하는 거? 아무도 입을 열지 않는다. 다시 5번 아이 책상의 나이테에서 새, 소리가 들린다. 22번의 책 귀퉁이에서 새순이 돋는다. 29번 18번 9번…… 순식간에 천장까지 자란다. 7번 아이 의자의 등받이에서도 새가 운다. 이 녀석들, 진짜 혼나야 조용히 할래? 아무리 목청을 돋워도 새, 소리 그치질 않는다. 아이들은 그저 묵묵히 책장만 넘기고 있다. 유리창 밖에는 구름이 떠가고 교실에 심어진 아이들의 머리 위에서 새, 소리가 들린다. 조용히 해, 조용히 하란 말이야. 아무리 소리 질러도 교실은 새, 소리만 가득하다.

(『사이펀』 2018년 가을호)

"점심시간 직전 수업시간. 아이들에게 독서를 시"키자 "종잇장 넘기는 소리만 바스락"거리고 "책상도 의자도 입을 다물고" 있지만 그 상황은 지속될 수 없다. "난데없이 14번 아이의 의자 옹이에서 새가" 우는 것이다. "누구야? 말하는 거?"라고 주의를 주어도 멈추지 않는다. "아무도 입을 열지 않"지만 "다시 5번 아이 책상의 나이테에서 새, 소리가 들"리고, "22번의 책 귀퉁이에서 새순이 돋"는다. "29번 18번 9번…… 순식간에 천장까지 자"라고, "7번 아이 의자의 등받이에서도 새가 운다". "이 녀석들, 진짜 혼나야 조용히 할래? 아무리 목청을 돋워도 새, 소리 그치질 않는다". 결국 "조용히 해, 조용히 하란 말이야. 아무리 소리 질러도 교실은 새, 소리만 가득하"게 된다. 학생들의 선택권을 제한하고 이루어지는 교육은 효과를 거두기 어려울 뿐만 아니라 사고가 일어날 수 있다. 학교는 학생들의 입시만을 위한 장소가 아니라 다양한 재능을 발굴해서 학습하고 창의력을 발휘하고 사회성을 익히는 장소인 것이다. "화분처럼 조잘거리"는 "새"들이 가득 찬 학교가 있기에 참으로 다행스럽다. (c)

개를 아십니까?

변희수

스승을 따라가는 제자처럼

개가 가면 가고
개가 서면 서고
목줄이 긴 개에게
묶여서

어디로 끌고 가시렵니까?

끌려가는 사람의 다리엔
검은 털이 숭숭

힘껏 달리는 개처럼
힘껏 쫓아가던 사람이
개의 얼굴에 얼굴을 묻고
컹컹, 짖는 건
자연스러운 일이다
사랑하니까
오후의 산책자가 되어
개와 개 사이의 간격을 늘이거나 줄여보는 것
좋은 일이다

이 세상에 개는 많고
나쁜 개도 많고

그런 개는 옳지 않다고
컹컹, 어제의 결심이
오늘의 목줄을 쥐고 달릴 때
착한 개가 되기 위해서
침을 흘리며 참는다

개가 인도하던 개가
혀를 빼물고 생각에 잠기던 개가
진정한 개가 되려면
먼 곳을 보고 컹컹,

개를 아십니까?

거리에 만난 사람처럼
그렇게 물어 오는 사람은
개를 잘 모르는 사람이다
진정한 개에 대해서

모르는 개들이 몰려와서 컹컹, 짖었는데
모두 잘 아는 개들이었다
꼬리를 흔들 줄 아는 개들이었다

(『시와 반시』 2018년 여름호)

야생 늑대에서 길짐승의 하나로 인간사회에 편입된 개는 오랫동안 인간과 동반자 관계를 유지해왔다. 인간의 안전과 재산을 보호해주는 역할을 수행하는 대신 안정적으로 먹이를 확보하면서 종족 보존과 번식에 성공적으로 적응해온 동물 가운데 하나가 개다. 하지만 언제부턴가 냄새를 잘 맡고 귀와 눈이 밝아 도둑을 잘 지키며 사냥과 군사용으로도 이용한 개들의 가장 중요한 이용 가치는 애완동물로 점차 한정되고 있다. 무한경쟁을 강요하는 승자 독식의 사회 속에서 개는 인간 사이의 불신과 소외를 대체하는 애완동물 중의 하나로 전락해가고 있는 실정이다. 달리 말해, 이제 개는 한낱 인간이 가까이 두고 귀여워하거나 즐기는 애완동물에 그치지 않는다. 인간관계의 상실과 뿌리 뽑힌 삶의 시대 속에서 인간이 개를 키우거나 보호하는 것이 아니라 개가 인간을 끌고 가는 형국이다. 단순히 반려(伴侶)동물의 차원을 지나 개와 같은 애완동물이 물신화되면서, 오히려 개의 행위나 동작을 흉내 내며 닮아가는 인간의 동물 되기 사태가 벌어지고 있는 형편이다. 저항하고 연대하기보다 순응하고 포기하기에 익숙한 주체성 상실의 시대 속에서 우리는 자신들도 모르게 거대 권력을 향해 꼬리를 잘 흔드는 개들로 변신 중에 있다. (a)

종각에서의 대치

서효인

택시는 나아가지 않았다
기사는 당장에라도 창을 열어 담배라도 태우고 싶었겠으나
아무 데고 욕을 하는 것으로 승객에 대한 예를 표하였다
노조와 여성 단체와
기독교 신자와 노인과
난민에 겁을 먹은 사람과
이 모든 것이 두려운 인간과
차가 막히는 것이 가장 공포인 기사와
그 기사가 하는 말이 가장 힘겨운 나와
사투가 벌어지는 종각에서
시작이 없으니 끝도 없는 길에서
종은 울리지 않고 휴게 시간도 없는
노동자가 핸들에서 두 손을 뗀 채
노조를 싸잡아 비난한다 먹고살 만하니
나와 저러는 거 아니겠어요, 배떼지가 불렀지 불러
주말마다 길이 아주 지랄이 나 지랄이 안 그래요?
가을볕에 날은 좋고 누구와도 싸우고 싶지
않다 배가 고프다 전철을 타지
않은 나의 판단과 게으름
탓이다 노조나 노인 때문이 아니다 심지어
시민 단체와 종교 집단 때문은
더더욱 아니다 하물며

누구는 양심이 없어 군대에 간답니까
저들의 양심만 양심입니까
이런 소리까지 들어야 한다 지금은 전쟁 중이고
전철에서는 전철의 전쟁이 있을 것이기에 나는
후회하지 않으려 한다
노조와 시민 사회 단체와
노인과 노인의 동창과 카톡 친구들
종교 집단과 억울한 사람들 무시당하고는 못사는
이 땅의 기운들 조선시대부터 이어져 온
풍수지리학의 명당들
종로의 종과
양심들
문득 기사가 나를 무시하고 있다는 생각에
폰을 보고 있던 대가리를 들어,

(『시인동네』 2018년 12월호)

택시 기사들의 임금이 월급제로 바뀌어야 한다고 나는 기회가 있을 때마다 말하는데, 당황하는 경우가 많다. 무엇보다 열악한 형편에 있는 상당수의 택시 기사들이 동의하지 않기 때문이다. 월급제로 바뀌면 기사들이 일을 하지 않고 월급만 타먹으려고 한다는 것이다. 나는 그 말을 들을 때마다 타율에 젖어 있는 노동자들의 의식이 안타까워 할 말을 잃는다. 이 자본주의 체제에서 노동에 대한 주체성 혹은 자율성은 어떻게 획득될 수 있을까?

위의 작품에 등장하는 택시 기사도 유사한 인식을 보이고 있다. "노조와 여성 단체와/기독교 신자와 노인과/난민에 겁을 먹은 사람" 등의 집회로 말미암아 길이 막혀 차가 움직일 수 없자 시위자들을 비난한다. "먹고살 만하니/나와 저러는 거 아니겠어요, 배떼지가 불렀지 불러"라고 "노조를 싸잡아 비난"하는 것이다. 이와 같은 택시 기사의 말에 화자는 "싸우고 싶"어하지 않는다. 오히려 자신의 잘못된 "판단과 게으름"을 탓한다. 갈브레이드(John Kenneth Galbraith)는 『대중은 왜 빈곤한가』에서 농민들이 가난한 이유가 순응하기 때문이라고 파악하고 극복의 수단으로 교육을 들었다. 하향식 교육을 경계하면서 귀 기울일 만하다. (c)

균형

성향숙

비틀거리다가 넘어지고
비틀거리다가 또 쓰러지고
비틀거림은 비틀비틀 전진한다

나는 너를 그렇게 배웠어
너도 나를 그렇게 사랑했지

나의 자전은 어설프지만
태양 쪽으로 기울어 너를 훔쳐보기 위한 몸부림이야

혼자여도 괜찮아
자전의 기술은 습득한 물건처럼 내 것이 되므로

연못 위에 붉게 선 플라밍고는 한쪽 다리로
오래도록 한 곳을 응시한다
바람결에 리듬을 맞추는 노련함으로
키 큰 나무가
한 다리로 수천 년 살아가는 자세야

등 위에 붙어 따뜻함 즐기듯이
태양과 지구 사이 팽팽한 공기들의 저항을
다정하게 유희하지

비틀거려도 어색하지 않아
비틀거림으로
비틀비틀 언제든 다시 살아나지

(『푸른사상』, 2018년 여름호)

자체의 회전축을 중심으로 스스로 회전하는 "자전"이 "균형"을
이루려면, 다시 말해 존재자가 이 우주에서 자생력을 가지려면 "비틀거리다가
넘어지고/비틀거리다가 또 쓰러"져도 "비틀비틀 전진"하려는 의지가 있어야
한다. 우주의 어떠한 존재도 움직이지 않고는 생존할 수 없는 것이다. 따라서
자신을 사랑하는 마음을 가지고 "태양 쪽으로 기울어 너를 훔쳐보기 위한 몸
부림이" 있어야 하는데, 그것은 희망이라고 할 수 있고, 의지라고 할 수 있고,
이념이라고 할 수 있다. 어떤 경우이든 여러 번 실패해도 좌절하지 않고 분투
하는 정신이 필요하다. 그와 같은 자세를 가질 때 "비틀거려도 어색하지 않"
고, "비틀거림으로/비틀비틀 언제든 다시 살아나지"라는 행진곡도 부를 수 있
다. (c)

빗방울에 대하여

손진은

온다, 타던 가뭄 끝에 반가운 것들이
바람에 실려 몰려온다 물큰, 흙비린내가 건너오고
입 벌린 풀과 나무 대지가 얼싸안고
내 머리통과 손바닥을 때려대던 그들이
목멘 개울 바닥에 웅성댄다
물줄기의 가슴 온통 벌겋게 하는
저 경쾌하고 날랜 춤들
긴 주둥이의 개울이 저들을 삼킨다 말하지 말라
웬걸, 저 물 속 껄껄 웃는 작은 용사들
중공군보다 더 많은 떼가
개울의 위엄을 만든다
광야로 목젖 열어젖혀
풀뿌리 산 것들의 뼈를 일으켜 세운다
먼저 온 이들 어깨 위에 호기롭게 퍼질고 앉아
강으로 떠밀고
바다로 제 몸 밀고 갈 것이다
넘치는 개울의 당당한 일원이면서도
주장하지 않는 하늘의 저 싱그러운 아들들!
물이랑마다에 저이들 울음이 심겨 있다고
섣불리 말하지 말라
기껏 한 방울, 한 줌이라지만

오래 지켜본 자들은 알 것이다

뛰어내리는 저 무수한 발걸음의 긍지가

마침내 너른 강과 빛나는 나루를 만든다는 걸

(『시인수첩』 2018년 봄호)

주지하다시피 우리나라는 유엔 국제 인구 행동 연구소의 평가에 의해 물 부족 국가로 분류되고 있다. 공급되는 물의 양에 비해 인구 밀집도가 높아 한 사람당 사용 가능한 물이 적은 것이다. 물에 대한 낮은 인식으로 물을 지나치게 낭비하는 것도 물 부족의 원인이다. 물은 대가 없이 사용할 수 있는 것이 아니라 경제적 대가를 지불해야만 사용 가능하다. 그렇지만 아직까지 많은 사람들은 물의 본질적인 소중함을 인식하지 못하고 있다. 이와 같은 상황에서 위의 작품의 화자가 "빗방울"을 "하늘의 저 싱그러운 아들들!"이라고 비유한 것은 소중하다. "기껏 한 방울, 한 줌이라지만/오래 지켜본 자들"처럼 비의 가치를 제대로 제시하고 있기 때문이다. "뛰어내리는 저 무수한 발걸음의 긍지가/마침내 너른 강과 빛나는 나루를 만"든다는 것도, 지구의 생명체를 살려낼 뿐만 아니라 우주까지 살려낸다는 것도 일깨워주고 있는 것이다. (c)

그림자

송재학

가끔 내 그림자가 앞뒤 둘이다 그들은 농담(濃淡)으로 나누어진다 앞 그림자는 엷어 그늘에 들어가면 실루엣처럼 경박하고 뒤의 그림자는 무거워 우울증과 비슷하다 흩어지고 모이니 벌거숭이 저들을 쉬이 호명하지 못하겠다 그림자의 눈치를 보며 조심하는 계단을 내려간다 난간은 순간 비틀거리며 그림자의 빈혈을 붙들지만 그림자도 계단을 놓칠세라 육신보다 먼저 이지러진다 잊었던 통증 여럿이 그림자를 으깬다 발목이 뭉개어져도 그걸 참아내자 그림자는 흔들리더니 겨우 하나가 된다 등의 육신을 떼어내지 못하니까 자세히 살피면 윤곽이 매끈하지 않다 그림자가 두통을 만지다가 흰 병실을 놓친다

(『애지』 2018년 가을호)

물체가 빛을 가려 그 물체의 뒤쪽에 나타나는 검은 그늘을 의미하는 그림자는 자아의식의 무의식적인 부분을 말한다. 아직 어둠 속에 가려 잘 보이지 않는 자아의 일부분이 그림자다. 하지만 그러한 그림자 가끔씩 앞과 뒤로 진하거나 엷게 나뉘어 나타나는데, 전자의 경우 어느 정도 의식화가 가능하다. 반면에 후자의 경우 남김없이 의식화하는 게 거의 불가능하다. 하지만 따로 노는 게 아닌 이 둘의 호명은 쉽지 않다는 점이 공통적이며, 따라서 그 그림자의 움직임을 주시하며 조심스레 계단을 내려가야 한다. 자신의 통제 밖에 있는 게 그림자이기에 순간마다 비틀거리며 난간에 의지할 수밖에 없다.

중요한 것은, 나'의 어두운 면이라고 할 수 있는 그 그림자 역시 육신보다 먼저 이지러진다는 점에서 그림자는 단지 내 육신의 부산물이 아니다. 까맣게 잊어버렸던 여러 통증에 맞물린 그림자가 흔들리는 것으로 그 그림자는 보아 엄연히 나의 육신을 움직이는 중요한 축이다. 자신도 미처 알 수 없는 그 그림자 또한 통증을 참아내면 그 그림자가 요동을 멈추는 것으로 미뤄볼 때, 그림의 등은 바로 '나'의 육신이며, 나의 육신 역시 그림자의 등과 불가분의 관계에 놓여 있다. 따라서 나와 그림자, 의식과 무의식 사이의 경계가 뚜렷하지 않다는 점인데, 그 증거는 자아의식의 억압된 면이라고 할 수 있는 그림자는 그 징후로서 '나'의 두통을 유발한다. 하지만 그 과정에서 나는 자주 '흰 병실'을 놓치는데, 이는 그만큼 자신의 그림자를 동화시키는 것이 어렵다는 것을 나타낸다. 제 안에 얼마나 무서운 그림자가 있다는 것을 직시하는 것이 인간적 성숙의 첫 단계라는 것을 가만 일러주고 있다. (a)

송천생고기

신동옥

감자탕 전문, 간판에 불도 밝히지 않은 살림집인데

깡통 탁자 셋 한 평 반 마루에 밥상 둘 주야장천 속을 드러낸 통유리 너머 쪽문으로는 철 따라 피고 지는 꽃 덤불 장독이 한 무더기

주인 내외는 일없이 바쁘다, 택배 받아주랴 말참견하랴 한나절 늘어지게 자고 가는 이가 있대도 천하태평이다 생고기에 감자탕을 내던 적이 언제 적 일인가?

메추리 알 듬성듬성 올린 장조림에 기름종이처럼 건너편 얼굴이 훤히 비치는 깻잎 김치가 일품이라고들, 단골은 일곱이다 그나마 둘은 진작 세상 버렸고

저마다 속사정으로 여태도 한 자리씩 차지하고 앉았다 한 뿌리로 얽혀 살다가 맥없이 말갛게 햇빛에 녹아 사라질 고드름처럼 애면글면

버릇이 들 때까지 도맡아 매질하던 욕쟁이가 하나 엄마들은 한결같이 힘세고 팔뚝이 굵었겠거니 아이들이라야 길에 풀어놓으면 알아서 자랐겠거니

생고기라야 ……다 한동네서 나고 자라며 뒤엉키던 시절 이야기다

땅 없이 밥장사는 없고 밥 없이 역사하는 바보는 없다지만 장화 벗어 모자 걸쳐두고 술을 치다 보면 홉뜬 눈알마다 실핏줄은 뻗어가고

타고난 팔자에 맞춤한 허황한 내력 하나 허투루 구하지 않으려는 말싸움, 연장에 세간 달랑 지고 집 떠나온 사람에게 나라가 무슨 소용이며

법이 다 무슨 말인가 싶다가도, 갈래갈래 가지를 친 꽃나무 아래 엎던 돌멩이처럼 가는 방향이 잃고 뒤섞이는 소리

없이 사는 치들이야 손끝이 예민해서 만지는 족족 빛을 틔워내고 내뱉은 족족 이파리 하나쯤 피워내는 젓가락 장단

누가 금수의 웃음과 새들의 노래를 구분하고 거미줄에 엉기는 헐벗은 달빛의 온기를 헤아리겠는가, 마는 요즘이야 없이 사는 사람이 어디 있나

냉소가 정치를 불붙이고 배덕이 신앙을 완성하듯 생고기는 붉어서, 저 남녘 어디 넓고 너른 벌판 한가운데 띄엄띄엄 벌리고 나앉은 민둥산 모양

맨송맨송, 일없이 말끔한 등짝이나 마주 괴고 앉아서.

(『시와 표현』 2018년 11호)

감자탕 전문이라고 하지만 간판에 불도 밝히지 않은, 살림집에 차린 송천생고기집. 단골이라야 경우 일곱이라지만 그중에 이미 둘이 저 세상 사람이 된 형편이다. 특히 본업(?)이 무엇인지 알 수 없는 그 주인 내외는 일정한 소득과 상관없이 택배 받아주랴, 말참견하랴 일없이 바쁘다. 자신의 가게 안에서 한나절 늘어지게 자고 있는 이가 있대도 천하태평이다. 알고 보면, 저마다 속사정이 있을 법도 하지만 송천생고기집 내외를 비롯한 그 주변 인물들 역시 마찬가지다. 그들 모두 송천생고기집 내외처럼 정치적이고 사회적인 응시의 대상이 되지 못하는, 세상에 존재하는 익명적 소수자들에 지나지 않는다. 애면글면 타고난 팔자에 순응하여 살아가다가 햇빛에 녹아 사라질 운명에 놓여 있는 어떤 정치적인 공백을 상징한다. 별달리 가진 없는 이들의 냉소는 이와 연결되어 있다. 졸속으로 진행된 경제적 민주화가 진행되는 과정 속에서 이들은 마치 배덕(背德)이 신상을 부르듯 일체의 '정치적인 것'에 대한 무관심으로 응대하고 있다. 특별한 일없이 맨송맨송 서로의 등짝을 마주 괴고 안아서, 그들은 스스로의 독립성과 자족성을 유지하고 있는 중이다. 자신들을 멋대로 셈하고 분배하는 냉혹한 자본주의라는 '치안'의 질서를 (수)능동적으로 거부하고 중인 이들이 바로 송천생고기집과 그 주변부를 살고 있는 자들이라 할 수 있다. (a)

주머니

신혜정

왼쪽에는 지갑
오른쪽에는 오래된 슬픔

옷과 함께 장롱에 여러 계절 묵힌 것들

주머니에 손을 넣자
살며시 잡힌다

우파적인 슬픔이라면 왼쪽을 선택하리라
잃어버렸던 지갑에 대한 기억을 환기하며 살며시 꺼내
양손 가득 실의에 가득 찬 언어로 채워진 중고서적을 들고 나오며
아직은 쓸 만한 슬픔이라고 오래된 슬픔에게 되찾은 지갑의 기억을 환
기시킬 것

좌파적 슬픔이라면 그야말로 오른쪽을 선택하리라 오래된 슬픔을
꺼내다가 착각으로 좌파적으로 텅 빈
지갑이 딸려 나오지 않도록 주의할 것

철 지난 옷 주머니마다 가득한 기억의 과잉 상실

어떠한 혁명도 구멍 난 주머니를 메울 수 없다

좌우 어디를 둘러봐도 그렇다

(『현대시』 2018년 6월호)

위의 작품의 화자는 "왼쪽에는 지갑/오른쪽에는 오래된 슬픔"을 놓고, 즉 현실과 관념을 놓고 자신의 세계관을 나타내고 있다. 가령 "주머니에 손을 넣자/살며시 잡"히는 것이 "우파적인 슬픔이라면 왼쪽을 선택하"겠다고 한다. "우파적인 슬픔"은 개인적이고 주관적이고 낭만적인 감상 내지 관념에 해당한다. 따라서 화자는 관념의 세계에서 벗어나 "잃어버렸던 지갑에 대한 기억을 환기하며 살며시 꺼내/양손 가득 실의에 가득 찬 언어로 채워진 중고 서적을 들고 나오며 아직은 쓸 만한 슬픔이라고 오래된 슬픔에게 되찾은 지갑의 기억을 환기시"킨다. 상실한 현실 가치를 환기하며 지향하는 것이다. 화자의 선택은 "오래된 슬픔을 꺼내다가 착각으로 좌파적으로 텅 빈/지갑이 딸려 나오지 않도록 주의"하는 것으로 심화된다. 결국 화자는 "어떠한 혁명도 구멍 난 주머니를 메울 수 없다//좌우 어디를 둘러봐도 그렇다"라고 구체적으로 유물론적 세계관을 지향하고 있다. (c)

조도

안미옥

겨울나무 끝에 매달린 열매
창문 너머에 있다

여름날 생선 좌판에
남아 있는 흰 빛깔의 얼음

어디쯤 온 것일까

천변을 걷다가
오리가 먹을 것을 찾기 위해
제 얼굴을 전부 물속에 집어넣는 것을 보았다

누군가에겐 전부일 수 있는
아주 작은 추

매일 반복되는 다짐이나
비약으로서만 말해질 수 있는 것
무미한 기념품들 속에서 내가 겨우 찾은 것

왜 하나의 문장이 벽돌처럼 무거워질까

나는 얼굴을 몸속에 집어넣었다

안에서 쏟아지고 안에서 흘렀다

잊고 싶은 건 언제든지 잊을 수 있다고
얼마든지 잊을 수 있다고

빛의 손가락이 아무리 휘저어도
멀쩡했다 나는

아무도 모르게 안에서
고이고 안에서 썩었다.

(『Littor 릿터』 2018년 4/5월호)

이 시에서 '나'는 창문 너머로 "겨울나무 끝에 매달린 열매"를 바라보고 있다. 사나운 바람이 지나가면 열매는 곧 떨어져버릴 것이다. "여름날 생선 좌판에/남아 있는 흰 빛깔의 얼음"이 그렇듯 이 미약한 존재들은 언제든지 사라져버릴 수 있는 위태로운 상태에 있다. "어디쯤 온 것일까"라는 갑작스러운 질문은 앞에 나온 연약한 사물들을 넘어 '나' 자신에게로 같은 생각을 확장한다. '나' 역시 저 열매나 얼음처럼 곧 사라져버릴 위태로운 상태에 놓여있는 것은 아닐까 싶은 것이다. 다음 장면은 다시 갑작스럽게 전환되어, 천변을 걷다가 우연히 보게 된 오리의 모습이 등장한다. 제 얼굴을 전부 물속에 집어넣고 먹이를 찾는 오리의 모습은 "누군가에겐 전부일 수 있는/아주 작은 추"를 연상시킨다. 자신에게 의미 있는 무언가를 찾기 위해서는 오리처럼 필사적으로 움직여야 하는 것이다. '나'에게 그것은 "하나의 문장"이다. 무의미한 일상에서 겨우 찾아낸 이 문장의 무게 때문에 '나'는 온몸으로 자맥질하는 오리처럼 얼굴 전체를 몸속에 집어넣은 채 안으로, 안으로 침잠한다. 이 문장은 "아주 작은 추"이지만 '나'의 전부와 맞먹는 무게를 지니고 있기 때문이다. 밖에서는 "빛의 손가락"이 이제 그만 잊으라며 휘젓고 있는데도 '나'는 이 문장에 사로잡힌 채 벗어나지 못하고 있다. 필생의 무게로 다가온 문장의 의미를 찾기 위해 자신의 안으로 한없이 빠져 들어가는 시인의 내적 탐색의 과정이 독특하게 펼쳐지고 있는 시이다. (b)

너를 사랑하는 힘

안효희

믿음이라는 것은 어디까지 유효한가!

한쪽이 짓무른 사과를 베어 문다
냉장고 속 차고 어두운 곳, 힘에 짓눌린 양파는 썩는다 살이 맞닿은
사과는 물러진다

서로에게 상처주지 않는 적절한 거리는 몇 미터인가!

그때 달은 지고 꿈은 선명하였다
침묵하거나 침묵하지 못한 변명을 삼키며 맨발로 이상한 밤을 걸어
간다 손을 내민 채 잠이 들면 수십 킬로미터를 걸어온 네가 마주 잡아
줄 것인가

모든 것을 끌어안은 채 마지막 이별, 주황색 불빛이 그림자를 당기
는 거리에 선다 아를(Arles)의 밤처럼 외롭고 스산한 별빛이 머리 위에
빛난다

썩고 싶지 않았던 고백과 뉘우침이, 느린 구름을 머리에 이고 천천
히 걸어간다 또다시 발이 푹 빠지고 두근거리는 의심으로

(『시와문화』 2018년 여름호)

위의 작품의 화자는 "냉장고 속 차고 어두운 곳, 힘에 짓눌린 양파는 썩"고 "살이 맞닿은 사과는 물러"지는 모습을 바라보며 "서로에게 상처주지 않는 적절한 거리는 몇 미터인가!"라고 자문한다. "믿음이라는 것은 어디까지 유효한가!"라고 묻기도 한다. 결국 "너를 사랑하는 힘"을 찾는데, 언뜻 생각하면 불가근불가원(不可近不可遠)이 정답이라고 할 수 있다. 실제로 사람의 관계가 너무 멀면 소원해지고 너무 가까우면 실망하게 되므로 모자라지도 않고 남지도 않는 거리가 적당하다. 두려워하지 않고 무모하지 않고, 무관심하지 않고 방종하지 않고, 인색하지 않고 낭비하지 않고, 비굴하지 않고 오만하지 않고, 늦지 않고 이르지 않는 자세가 필요한 것이다. 그렇지만 화자는 중용의 방식을 택하지 않고 "썩고 싶지 않았던 고백과 뉘우침"으로 "느린 구름을 머리에 이고 천천히 걸어간다". "또다시 발이 푹 빠지고 두근거리는 의심"을 품으면서도 사랑하는 이에게 가는 길을 포기하지 않는 것이다. 결국 화자는 "너를 사랑하는 힘"이 실천하는 데 있음을 보여준다. (c)

여름의 비망록

1

십자가 버린 지 오래구나
흐려도 조금은 뽀얀 구름이 본성이거늘
나 너무 어둡고 의심 많은 자세로 생을 견뎌온 것을
사방 열린 저 종탑의 무애(無碍)를 보며 알겠네

하늘 오르는 사다리도 보이네
허공 부여잡으려는 나팔꽃 덩굴손의 질긴 그리움도 보네
멀리서 당신이 오래고 긴 울음으로 보낸 종소리가
백 년 만의 폭염처럼 전폭적으로 내게 도착했다네

2

저 숲길은 천 년 전에도 있었을 거네
나무들은 아주 천천히, 생을 흘려보내곤 하지

당신에게 가는 길도
그랬으면 좋겠네

늦은 오후, 조금 남은 햇살은
아직은 더 가야 할 길 위에 부드러운 빛을 남기곤 하네

그랬으면 좋겠네
나무들 저 그림자처럼 말없이,
하염없는 제 몫의 고적(孤寂)과 괴로움 다해……

　3
슬픔에도 오랜 건기(乾期)가 있음을
위양지(位良池)에 와서 보았네
줄어든 수위는 내 눈물의 저수량인 듯
헐겁고 쓸쓸하기만 했네

나는 하릴없이
들길 걸어 저수지에 가 닿곤 하지만
우기(雨期)는 끝내 와주지 않을 것 같았네
당신은 저 구름처럼 윤곽 지우며 어두워져가고
우렛소리는 아득히 멀기만 했다네

(『현대문학』 2018년 9월호)

이 시에는 세 개의 풍경이 등장한다. 뽀얀 구름이 덮인 하늘, 오래된 숲속, 물이 줄어든 저수지가 그것이다. 하늘과 땅과 물이 모두 나오기 때문에 대자연 속에서 인간이 느끼는 깊은 교감이 다채롭게 투영된다. 이 시의 화자는 자연을 바라보는 시선에 머물지 않고 자연에 자신의 모습을 적극적으로 투사한다. 하늘을 바라보면서는 "흐려도 조금은 뽀얀 구름"에 비해 자신은 "너무 어둡고 의심 많은 자세로 생을 견뎌온 것"을 떠올린다. 하늘을 향해 안간힘을 쓰며 기어오르는 나팔꽃과 그에 응답하듯 멀리서 오래고 길게 울려오는 종소리를 들으며, 십자가를 버린 지 오래된 자신의 의심 많았던 생을 돌이켜본다. 숲길에서는 천 년 전부터 아주 천천히 생을 흘려보냈을 나무들과 아직도 더 가야 할 길을 비추듯 부드러운 빛을 남기는 햇살의 조응을 바라본다. 그리고 제 몫의 외로움과 괴로움을 오롯이 견디며 살아온 나무들의 생을 닮고 싶어 한다. 가뭄으로 바짝 말라 있는 위양지에서는 눈물까지 말라버린 오래된 슬픔을 떠올린다. 무섭게 타들어가는 폭염 속에서 자연의 본성을 새롭게 발견하고 자신의 생애를 통렬하게 반추하는 서늘한 시선이 먹먹하게 다가온다. (b)

빈센트 블루스

오민석

빈센트, 오늘은 하루 종일 라면으로 때우고

날 저물자 삼양시장으로 순대를 먹으러 갔지요

노랗게 저녁이 내리고 이슬이 내리고

푸른 창자들의 골목이 어두워지도록

하늘엔 별도 뜨지 않네요

빈센트, 당신의 뇌가 불꽃처럼 타올라

울먹이는 어깨가 되도록

나는 황금 이삭 하나도 만지지 못했어요

대지극장 간판에 빨간 브라를 한 여자가

껌을 씹으며 발가벗은 하이힐 위에 서 있네요

까까머리 아이들은 공을 따라

우르르 골목으로 사라지고

불안한 청춘들은 자꾸 귀를 잘라요

빈센트, 카페 테라스로 오세요

거기에 무거운 외투를 벗어놓고

팔도 버리고 다리도 버린 후

아를 들판으로 까마귀처럼 사라질 순 없는 건가요

검은 부엌에서 검은 감자를 굽는 일은

다시는 하고 싶지 않아요

노동으로 헐거워진 신발은 벗으라고 있는 거죠

마침내 버리라고 있는 거잖아요

빈센트, 우체국에서 마지막 전보를 보낸 후

당신의 수염은 더욱 붉어졌지요

나는 오늘도 알파벳을 가지고 매번 무너지는

바벨탑 위로 올라가요

나, 가, 더, f, O, fa, 루, 피, 사, 렁, 치

건반들을 밟으면 계단으로 올라가는 길이

무섭게 어두워졌지요

뒤집어진 신발들 날 새도록 주인이 일어나길 기다릴 때

빈센트, 카페 테라스로 오세요

거기에는 아무것도, 아무것도 없어요

다만, 귀를 버린 초상화가 골목마다 붙어 있는걸요

당신은 말하자면 수배당한 언어입니다

빈ㅅㄴ트,

비세ㄴㅌ,

(『현대시학』 2018년 5 · 6월호)

가난하고 불운하지만 열정적인 예술가의 대명사가 된 빈센트 반 고흐가 블루스의 리듬으로 호출되고 있는 시이다. 이 시에서 고흐는 줄곧 빈센트라는 이름으로 친근하게 불리어진다. 고흐와는 시대와 장소를 전혀 달리하지만 '나' 역시 가난하고 쓸쓸하고 고뇌에 찬 예술가이다. 시는 내내 고흐의 그림을 연상시키는 장면들을 배치하면서 예술가들의 곤궁하고 불안한 삶을 그려낸다. 노랗게 저녁이 내린 삼양시장의 푸른 창자 같은 골목으로 순대를 먹으러 가는 '나'의 모습은, 고흐가 하루의 피로를 달래며 압생트가 든 술잔을 기울였을 것 같은 〈아를의 포룸 광장의 카페 테라스〉의 모습을 연상시킨다. 광적인 흥분 상태에서 자신의 귀를 자른 후 〈귀를 자른 자화상〉을 그렸던 고흐처럼 '나'는 대지극장 주변을 헤매던 불안한 청춘의 자화상을 떠올린다. 이 모든 삶의 무게를 내려놓고 〈까마귀가 나는 밀밭〉의 까마귀 떼처럼 황금들판을 날아 창공 속으로 사라지면 좋겠지만, 현실에서는 〈감자를 먹는 사람들〉에 보이는 사람들처럼 궁핍하고, 〈구두 한 켤레〉 속의 구두처럼 힘겨운 노동에 지쳐 있다. 날마다 팔리지 않을 그림을 그리고 희망과 절망을 넘나드는 편지를 쓰면서 고흐는 어떻게 그 시간들을 견뎠을까? 시인인 '나'는 오늘도 해독되지 못할 문자들을 가지고 바벨탑을 오르는 노역을 계속한다. 고흐의 카페 테라스에 "아무것도" 없는 것처럼 바벨탑의 아슬한 계단은 매번 무너져 내린다. 블루스는 흑인노예들이 일할 때 서로 주고받으며 부르던 노래에서 시작되었다는데, 이 시에서는 고뇌에 찬 한국의 예술가가 빈센트를 향해서 동병상련의 고통을 토로하는 블루스의 리듬이 절묘한 울림을 일으키고 있다. (b)

타악(打樂)의 슬픔

우대식

너는 가고
나는 앉아서 드럼을 두드렸다
정확히 12시 30분
비가 시작되었다
타악(打樂)의 슬픔이란
소리가 재로 변한다는 것
선이 깊은 쌍꺼풀
중성적이면서도 여성이 깊던 목소리
그 소리의 뼈들
내가 생각하는 너다
모든 것이 무너져 내려
아프던 사람
사람이 죽으면
서녘을 가로질러 어느 별에서 다시 태어나는지
아픔을 잃은 별에서
흰 죽 한 그릇을 나누어 먹고 싶다
초여름 저녁 나선 길
낯선 마을
어느 처마 밑에서 비를 피하는가
마중가고 싶은 밤이다
헤비메탈의 천둥소리가 번쩍일 때
너는 왔다 다시 사라진다

(『문학과 사람』 2018년 가을호)

너의 부재를 대신하여 두드리는 타악기 드럼은 뼈아픈 이별의 망각하기 위한 것이 아니다. 그 이별이 남긴 극히 절실하고 무한한 슬픔을 직접적인 토로하기 위한 수단이다. 때마침 쏟아지는 비 속에서 마구 두드리는 타악의 소리는 개념과 이성의 언어로 다할 수 없는, 슬픔을 제 감정과 의지의 본능적이고 무의식적인 절규를 포함한다. 모든 의미의 소리가 무의미의 재로 변하는 게 음악이고, 특히 격정적인 리듬과 박자로만 구성된 타악기의 특성이다.

하지만 나는 그 격렬한 타악기의 연주 속에서도 선이 깊은 쌍꺼풀과 중성적이면서도 여성이 깊던 목소리를 가진 너를 떠올린다. 얼추 무분별하고 무작위한 타악의 선율 속에서 감성적이고 즉각적이나마 이른바 소리의 뼈들. 모든 형체와 의지가 무너져 내리는 음악 속에서 아프게 죽어간 너와 그 영혼의 행방을 묻는다. 잠시나마 모든 슬픔과 아픔을 잊게 하는 타악기의 연주 속에서 이제는 다시 만날 수 없는, 여전히 침묵하고 있는 너를 추억한다. 특히 천둥소리가 같은 헤비메탈의 연주가 몰고 온 디오니소스적인 황홀감 속에 나는 너와 영원히 원초적으로 하나라는 것을 느낀다. (a)

화려하진 않지만 그럭저럭 걸치고 다닐 만은 한 옷

유승도

시를 쓰던 사람들이 대학원엘 들어가고 문예창작과가 늘어가고 시인 위에 교수란 직함이 들어간 이력을 가진 문우들이 늘어가면서 아하, 시인이란 건 무엇이 되기 위한 자격증이거나 원하는 곳으로 가기 위한 승차권 정도 된다는 걸 알았다 무엇인가가 되었거나 어딘가에 당도한 사람들에겐 화려하진 않지만 그럭저럭 걸치고 다닐 만은 한 외투가 되어주었다

색이 바래긴 했어도 입으려는 사람은 늘어나는 가운데 시인이란 옷을 걸친 인간들이 우우 패를 지어 몰려다니는 풍경을 심심찮게 보곤 한다

기후 변화에 내몰려 설원 빙판을 야윈 몸으로 비틀비틀 걸어가는 북극곰 한 마리가 그리운 겨울이다

(『문학청춘』 2018년 봄호)

위의 작품의 화자는 "화려하진 않지만 그럭저럭 걸치고 다닐 만은 한 옷"을 입고 다니고 또 그와 같은 옷을 입으려고 애쓰는 시인들을 탐탁하게 여기지 않는다. 실제로 "시를 쓰던 사람들이 대학원엘 들어가고 문예창작과가 늘어가고" 있다. 또한 "시인 위에 교수란 직함이 들어간 이력을 가진" 이들도 늘어나고 있다. "시인이란 건 무엇이 되기 위한 자격증이거나 원하는 곳으로 가기 위한 승차권 정도"로 여겨지는 것이다. 해방 뒤 연희전문대에 편입학했다가(정확한 기록은 없지만) 배울 것이 없다고 학교를 포기하고 그 대신 온몸으로 시를 쓴 김수영 시인이 떠오른다. 김수영 시인은 학력 대신 스스로 공부해서 참여시의 주창자가 되었고 뛰어난 번역가가 되었다. 시인들이 시 쓰기를 이력서용으로 추구하는 풍토가 심화될수록 시는 예술성도 정치성도 상실할 수밖에 없다. "기후 변화에 내몰려 설원 빙판을 야윈 몸으로 비틀비틀 걸어가는 북극곰 한 마리"가 실로 그립다. (c)

영화보다 더 영화 같은

이경림

(남북 혹은 북남? 정상들이 ㄱ자로 꺾인 도보 다리의 끝에 마주 앉
아 이야기를 나누고 있다)

막 연록이 되어 흔들리는 나무들을 배경으로
한 젊은 남자의 둥그런 얼굴이 원거리 카메라의 앵글 속에서 진지
하다
마주 앉은 백발 남자의 뒤통수가
설명할 수 없는 표정을 하고 비스듬히 잡혀 있다

묵음이다

이쪽에서 보면 저쪽에서 저쪽에서 보면 이쪽에서
이쪽도 저쪽도 아닌 소리로
간간
새가 운다

해는 다만 해 쪽에서 물끄러미
보고(듣고)
있다

(『작가들』 2018년 여름호)

지난 2018년 4월 27일 남북정상회담은 그동안 고조된 남북 간의 긴장을 완화하고 비핵화의 의지를 끌어냈다는 점에서 역사적인 회담으로 평가받을 만하다. 특히 남북 정상이 배석자 없이 오랫동안 담소를 나누는 모습을 보여준 바 있는 일명 '도보 다리 회담'은 그 역사적 의미와 성과를 따져보기 앞서 그 서정적 장면만으로 그 감동을 주기에 충분했다. 그러니까 막 연록이 되어 흔들리는 나무들을 배경으로 남북 혹은 북남의 정상들이 ㄱ자로 꺾인 도보 다리의 끝에 마주 앉아 정담을 나누는 풍경은, 분명 역사적이고 현실적인 실제 사건이되 동시에 한 치의 양보도 없는 국제 관계 속에서 결코 일어날 수 없는 비현실적이고 비역사적인 사건이다. 한순간이나마 한 젊은 남자의 둥그런 얼굴과 백발 남자의 뒤통수만이 원거리 카메라 앵글 속에 잡힌 광경은 이데올로기 통제 바깥에서 일어난, 설명 불가능한 일종의 기적의 사건에 속한다. 그야말로 허구적인 '영화보다 더 영화 같은' 사건이 이른바 '도보 다리 회담' 장면이며, 지금까지 없었던 시간의 현현이다. 마치 유령처럼 이쪽도 저쪽도 아닌 소리로 간간이 우는 새는 역사의 중압에서 모처럼 빠져나온 도래—할—세상. 다만 해만이 물끄러미 보거나 듣고 있는 지금 여기의 묵음의 시간은, 따라서 결코 엄혹한 남북 간의 갈등과 대결을 외면하는 것이 아니다. 어떻게든 없앨 수 없는 남북 간의 가혹한 역사와 우리 앞에 주어진 남루의 역사와 현실을 정직하게 직시하는 가운데 순간이 영원의 빛 속에서 드러나는 카이로스의 체험이자 인과론의 무한 연쇄를 파괴하는 자유와 통일의 순간적 체험의 재현이라고 할 수 있다. (a)

영영

이기성

첫 번째 여자가 소리친다. 이 골목이 아니에요. 검은 개가 놀란 듯 부스스 고개를 치켜든다. 그래요, 이 골목이 아니군요. 두 번째 여자가 중얼거린다. 개는 다시 눈 감고 느릿느릿 엎드린다. 어제를 잃어버린 노인처럼 그림자가 길어지고 골목은 어느새 앞모습과 뒷모습이 똑같아진다. 세 번째 여자가 흰 수건 흔들며 가파르게 소리친다. 이 골목은 아니에요. 아이를 잃은 여자처럼 영영 밤을 찾아 헤매는 사람처럼 절규하는 골목이, 골목은, 골목으로…… 개는 눈 뜨지 않는다. 골목에서 사라진 아이들은 어느 날 늙은이가 되어서 나타난다. 구부정한 개처럼 절뚝거리며 두리번거리다 문득 고개를 쳐들고, 그런데 이 골목이 아닙니까?

(『시와세계』 2018년 여름호)

좀 오래된 농담 중에, 나폴레옹이 부대를 이끌고 알프스 산을 넘자마자 한 말이 뭐냐고 묻고, 답을 궁금해하면 "이 산이 아닌가비여"라고 하던 것이 있다. 본격적인 허무개그가 생겨나기 전부터 있던 농담으로 허탈감을 유발하고 싱거운 웃음을 일으켰던 말이다. 오랜 고난의 시간이 한순간에 헛된 것으로 판가름 나고 또다시 똑같이 반복될 고행의 과정이 너무 아득해서 농담인데도 어이가 없고 힘이 빠져버린다.

이 시에서도 이런 오래된 농담과 유사한 상황이 펼쳐진다. 첫 번째 여자가 "이 골목이 아니에요"라고 소리치고 두 번째 여자도 "이 골목이 아니군요"라고 중얼거린다. 세 번째 여자도 흰 수건을 흔들며 이 골목이 아니라고 소리친다. 모두가 잘못된 골목으로 들어섰고, 밤새도록 골목 골목을 헤매 다닌다. 첫 번째 여자가 소리칠 때 놀란 듯 고개를 치켜들었던 개는 어느새 꿈쩍도 하지 않는다. 어차피 제대로 된 골목을 찾기는 틀렸다는 것을 알기라도 하는 듯하다. 골목은 미로와 같은 인생살이고 첫 번째, 두 번째, 세 번째 여자는 나이가 들어가는 한 사람이라고 보아도 무방할 것이다. 어쩌면 인생이란 잘못 들어선 골목을 밤새도록 헤매는 힘겨운 꿈과도 같은 것이 아닐까? 골목에서 사라진 아이들은 늙은이가 되도록 정처 없이 헤맸을 것이다. 생의 마지막 순간까지 영영 제대로 된 골목을 찾지 못하고 부질없는 발걸음을 재촉할 것이다.

(b)

오늘의 십 년

이명수

사진 새로 찍고
십 년짜리 여권을 다시 냈다
십 년을 연장해놓으셨군요.
아니요, 십 년을 다시 시작하는 게요.

함께 여권을 새로 낸 아내와
구청 앞 커피숍에 앉아
오늘의 커피를 주문해놓고
새 여권을 한참이나 들여다보았다

오늘 하루를 덤덤히 받아들이며
조금 더 나아가기 위해
계속하는 법을
서두르지 않고 걷는 법을
맨발의 여행자가 되는 법을
추운 북쪽 나라 천만년 붉은 협곡의
얼음이 되는 법을

다시 십 년 동안 기다린다
따뜻한 얼음 속에 내 사진이 춥게
박혀 있다

아내가 커피를 마시다 뜨거운지
그걸 들여다본다

(『시인동네』 2018년 11월호)

여권은 해외여행을 준비하면서 우선적으로 챙겨야 하는 신분증이다. 십 년 단위로 만기 전에 연장해주어야 하지만 무심코 지내다 기간을 넘기기도 한다. 여권은 십 년이라는 시간의 단위를 실감하게 하는 확실한 가늠자이다. 이 시의 화자는 여권을 갱신하면서 십 년이라는 시간에 대해 생각해본다. 그는 여권 갱신이 십 년을 연장하는 일이 아니라, 십 년을 다시 시작하는 일이라고 여긴다. "오늘의 커피"를 마시며 "새 여권"을 들여다보면서 "오늘 하루를 덤덤히 받아들이며/조금 더 나아가기 위해/계속하는 법"을 모색한다. 새로운 십 년을 향해 "서두르지 않고 걷는 법을/맨발의 여행자가 되는 법을" 상상한다. 다가올 여행 중에는 "추운 북쪽 나라 천만년 붉은 협곡의/얼음이 되는 법"도 포함되어 있다. 먼 나라 여행이란 지금까지의 삶에서 경험하지 못한 전혀 새로운 시간들을 만나는 일이다. 그리고 보니 여권은 십 년을 단위로 하루하루 조금씩 나아가는 미래를 향한 시간 여행의 승차권이라고 할 수도 있겠다. 여권 속에는 언제가 여행할 추운 북쪽 나라 협곡의 얼음을 닮은 사진이 박혀 있다. 오늘의 커피는 뜨거운데 새 여권 속의 사진은 어쩐지 추워 보인다. (b)

시(詩)칼

이병률

칼 가게에서 칼을 골랐는데 이름을 새겨줄 수도 있다고 한다

시(詩)라고 새겼다

시를 베겠다고 칼을 산 건 아니었는데
끊어버릴 게 있어서 산 것도 아니었는데
며칠 동안 자연스레 물리치는 것들이 있었다

이 칼날과도 같은 시 한 편 남기고 가리라며
손잡이에 힘을 꼭 쥐어 잡은 김에
나는 살짝 목에다 칼날을 대보았다

원래 시는 칼이었을까

이 칼을 품고 꽃도 꺾고 산에도 오르리라
눈이 멀게 되더라도
뼈만 남게 남게 되더라도
이 칼에 힘을 배분해 야채와 고기를 자르리라

아주 시시한 어느 날에는 시에게 한 칼을 먹이고
나 대신 이 칼을 던져 착지하게 하리라
내가 날린 이 칼이 꽂히는 곳에 광맥이라도 터지게 하리

(『시와 표현』 2018년 12월호)

일반적으로 서정시(抒情詩)는 자기의 감정이나 정서를 주관적으로
나타낸 시로 정의된다. 한 인간의 근원적인 소외감이나 고독감이 서정시의 주
된 젖줄이라고 할 수 있다. 하지만 서정시는 때로 어떤 진리나 인간다운 삶을
방해하는 세상의 불의나 부정을 척결하거나 끊어내는 역할을 한다는 점에서
칼과 서로 닮아 있다. 날카롭게 벼린 칼과 예민한 시 정신은 한 치의 실수나
타협을 용납하지 않는다는 점에서 칼은 시의 은유로서 그 개연성이 충분하다.

그렇다고 매사 나는 이 시의 칼을 예리하고 단호한 시적 세계의 완성을 위
해 쓰는 것은 아니다. 평소엔 꽃을 꺾거나 산에 오르며 자칫 메마르게 쉬운 정
서를 함양하는 데 사용하고자 한다. 또한 자신의 건강과 생명 유지에 필요한
영양소를 함유한 야채와 고기를 자르는 데 이용하고자 한다. 하지만 우연히
들른 칼 가게의 주인이 이름을 새겨줄 수 있다고 제안하자 대신 그곳에 '시'라
고 새겨달라고 할 만큼 나는 나의 존재의의를 시 쓰기에서 찾는 자다. 행여 자
신의 타인의 마음을 움직이지 못하거나 스스로조차 설득하지 못한다고 판단
되었을 때, 그 칼을 곧추 세워 시에게 한 칼 먹이고자 한다. 그 칼의 손잡이를
힘주어 잡아본 김에 살짝 자신의 목을 겨냥할 각오가 되어 있을 만큼, 나는 언
제든지 그 시의 칼로 흐트러진 시인적 정체성을 바로잡고자 하는 시인이다.
특히 나는 스스로가 그토록 원하는 시의 광맥이 오직 그처럼 가차 없고 날카
로운 시정신이 유지되고 착지하는 곳에서 자연스레 터져 나온다고 굳게 믿고
있는 자라고 할 수 있다. (a)

아프리카 형수

이상국

꿈에 형수는 아프리카 여자였다
양복을 빨아 나뭇가지에 걸어놓으면
어떡하냐고 했더니
아프리카에서는 그렇게 한다고 했다

내가 종잇장처럼 날아다니거나
호랑이가 된 적은 있었으나
형수가 아프리카 사람으로 올 줄은 몰랐다
꿈처럼 꿈같은 것도 없지만

어차피 조상이 아프리카였으므로
굳이 해몽이 필요한 꿈도 아니다
살다 보면 경주 이씨 상서공파 족보에
아프리카 여자 이름이 올라갈 날도 머지않았다

요즘 가정이라는 업도 기피 업종이어서
아예 폐업을 하거나
수입 노동자에게 생산을 맡기기도 하고
아메리카나 유럽 쪽은 인건비가 높아
아시아 여자들이 인기라는데

꿈에 흑단 같은 아프리카 형수가 왔다

동지가 지나고 어머니 제삿날은 다가오는데

형에게 전화라도 해봐야 하나

(『시로여는 세상』 2018년 가을호)

현재까지 가장 오래된 인류 조상의 흔적으로 미루어볼 때, 인간 초기의 역사는 최초 500만 년 동안 오로지 아프리카에서만 전개된 것으로 추정된다. 호모 사피엔스 이전의 하이델베르크인(Homo heidelbergsis) 또한 아프리카 남부 사하라 지역에서만 현대인으로 발전했으며, 10만 년 전쯤 유라시아와 그 나머지 대륙으로 퍼져나간 것으로 전해진다. 특히 오로지 어머니를 통해서만 유전되는 미토콘드리아의 DNA 분석 결과는, 오늘날의 인류가 단 한 명의 아프리카 여인으로부터 유래되었다는 견해를 뒷받침한다.

물론 현재 내가 살고 있는 한국 사회의 풍습과 달리 양복을 빨아 나뭇가지에 걸어놓고 천연덕스럽게 구는 이른바 '아프리카 형수'의 행위가 낯선 것만은 사실이다. 하지만 언제부턴가 여러 인종과 피부색에 따라 구분되면서 서로 싸우거나 차별해왔지만, 적어도 나에게는 원래 인류의 조상이 아프리카였음으로 그 정도의 문화적 차이는 크게 문제가 될 수 없다. 무언중에나마 나는 경주 이씨 상서공파인 나와 형수와의 유전자 차이는 단지 서로 100킬로미터 떨어져 살고 있는 두 마리 침팬지 간의 차이보다도 작다고 믿고 있다. 달리 말해, 비록 꿈속에서나마 '아프리카 형수'는 노동인구 이동이 활발해지면서 국제결혼이 잦아진 사회 속에서 인종과 피부색이 별다른 의미가 없다는 것을 잘 보여주는 미래적 인물이다. 겉모습이 조금 다를 뿐 유전적으로 볼 때 인류는 한 조상을 갖고 있으며, 따라서 나는 오래지 않은 날엔 아프리카 여자 이름들이 한국인의 족보에 올라가는 것도 그리 낯설지 않은 시대가 올 거라고 굳게 믿는 시인 중의 한 명이다. (a)

열아홉이 깨운다

이선영

이른 아침에 잠에서 깨어나며 안다
망가진 열아홉 정비사의 가방에 들어 있던 컵라면과 나무젓가락이
열아홉짜리 애물단지 매단 내 늘어진 가방 속 커피믹스 한 봉보다
얼마나 무겁고도 든든했을는지

이른 아침에 잠에서 깨면서부터 생각한다
새벽에 출근해서 새벽까지 야근하며 휴일도 없이 일하다
부서진 열아홉 제빵 근로자의 하루하루가 쪽잠 속에 절그럭대는 놋
쇠 사슬이어서
그 꿈은 새벽 공기를 타고 오를 듯 가벼웠으나 꿈을 위해 일어서야
할 몸은
꿈조차 휘발된 지 오래인 내 몸만큼이나 얼마나 푸석푸석했을는지

밤에는 물에 불린 미역 줄기처럼 슬픔을 요에 휘휘 감아 문대지만
아침에는 잠 구름을 찢으며 들어온 햇살 창끝이 요에 뭉갠 슬픔을
버석거리게 한다

세상이라는 거대 설비공장에서 열아홉은
틈새를 끼워 맞춰야 하는 나사못이 된다
어느 틈에 낑낑 끼이거나 어느 틈으로 가물가물 굴러가버리기도 하는

(『시로 여는 세상』 2018년 여름호)

비정한 신자유주의 체제 속에서 비정규직인 열아홉의 어린 정비사는 가방에 마치 유품처럼 컵라면과 나무젓가락을 남긴 채 달려오는 전철과 전철역 방호 유리벽 사이에 끼여 죽는다. 비극적 죽음을 맞은 정비사와 동갑인 열아홉의 제빵 근로자는 새벽에 출근해 새벽까지 야근하는 중노동에 쪽잠을 잠을 자며 근무하는 중이다. 모든 것을 자본의 위력으로 삼켜버리며 누구도 그로부터 자유로울 수 없게 만드는 오늘의 한국 사회 속에서 열아홉 청춘들은 그저 마치 물에 불린 미역줄기처럼 고달프기만 하다. 미처 자신의 꿈들을 펼쳐보기도 전에 세상이라는 거대 설비 공장의 틈새에 끼워 맞춰져야 하는 나사못 신세로 전락해가고 있는 실정이다.

현재 나는 그들과 똑같은 나이의 애물단지 열아홉 살짜리 자녀를 갖고 있다. 하지만 기성세대이자 부모로서 내가 일회용 컵라면과 나무젓가락이 더 든든한 버팀목이 되었을 그들에게 달리 해줄 것이 없다. 야근과 쪽잠에 시달리는 열아홉 청춘들에게 내 묵은 가방 속 커피믹스 한 봉 같은 위로나 공감은 전혀 설득력을 발휘하지 못한다. 그래서 나는 어느 틈에 끼여 죽어가거나 제 의지에 상관없이 굴러가기도 하는 열아홉 청춘들을 아침마다 지켜보며 세상의 버석거리는 슬픔을 감내하고 있다. 전혀 개선될 틈도 없이 날로 악화되어가는 불평등한 세계 속에서 무한의 연민의 눈길로 오래된 시인의 길이자 시적 윤리가 발생하는 그 어떤 곳을 가만 지켜보고 있는 중이다. (a)

여름이니까 괜찮아

이승희

파꽃이 피었으므로 여름은 환상이다 여기저기서 온갖 부고들이 날아들었고 나는 소풍을 가듯 문상을 간다 개종한 나무들처럼 잘 차려입고 구름의 모양을 따라 해보는 것이다. 그만 죽어도 좋을 거 같다는 말은 굳이 안 해도 되는 것이니까 이 생의 모든 부고들이 어여뻐서 견디라고 말하지 않아도 되니까. 눈감아주자 가르침 따위 주지 말자 다만 더는 멀어지지 말자고 쓰고 마침표까지 찍고 이해받지 못한 생이면 어때 괜찮아 여름이잖아라고 말해도 되니까. 그러니까 여름은 아무도 모르게 종점이다 종점이어서 늙은 플라타너스를 키우는 것이다 당신이 때로 아주 종점이나 될까 싶은 마음이 든다면 그건 잘 살았다는 말 어디든 끝에 닿았으니까 아주 행복하다는 말 그러므로 또 그런 끝을 쥐고 있는 이를 만나면 말해주어야 한다 여름이니까 괜찮아. 갈 곳이 없다고 생각하면 아무 데도 가지 말라고. 이젠 없는 방향들을 따라갈 수 있으니 어떤 절망이 이리도 한가로울 수 있을까 싶다면 그건 이미 당신이 여름을 만났다는 말. 거기서 뭐 하냐고 누가 물어보면 아, 난 아무것도 하지 않아요라고 말하면 되고 그렇게 잠시 시간이 흐르고, 그래서 좋으냐고 물어보면 이해하지 않아도 되는 세상만큼 좋은 건 없어요라고 말할 테니 그러니 이제 좀 반짝인들 어때 여름이잖아.

(『시사사』 2018년 가을호)

파꽃이 피었기에 여름이 환상이라는 가설은 무슨 인과관계나 논리적 타당성에 기반하지 않는다. 어쩌면 서로 무관한 파꽃의 피어남과 여름의 결합은 뭐라고 설명할 수 없는 마음의 근원적인 움직임과 상태를 반영한 나의 의식의 흐름에 불과하다. 따라서 근원적 시간으로서 '여름'은 순차적이고 동질적인 시간으로서 경직된 질서나 양화된 삶의 시간과 거리가 멀다. 특히 여름은 합리적이고 질서정연한 병렬의 시간이 아니다. 여기저기서 온갖 부고들이 날아들어도 소풍가듯 잘 차려입은 채 문상을 가는 여름은, 그 자체로 독립적이고 자족적인 내적 시간을 의미한다. 타인의 죽음으로 인한 무상감이나 불안감에 사로잡히거나 모든 인간의 근원적인 비극인 죽음에도 심각한 표정을 짓지 않은 여름은, 단지 다양한 감정과 감각이 항상 생생하게 변해가는 '지속(durée)'의 시간에 지나지 않는지 모른다. 종말의식과 행복, 지향 없음과 절망 등의 다양한 감정의 질이 서로 침투하려 활기 있게 공존하는 독립된 현실의 시간이 아무도 모르는 여름이다. 아무것도 그 자체로 시도하거나 이해하기를 요구하지 않는, 어떤 고정점도 없이 다만 조금이라도 삶의 창조적인 잠재력을 발전시키며 제 삶의 시간을 고양시키는 시간이 모든 것이 관용되는 현실적 지속으로서 여름의 시간이라 할 수 있다. (a)

달은 감정노동자

이영식

달은 노동자라네
외발자전거 바퀴로 중천에 기어올라
천지간에 달빛 퍼주는 거라
달항아리 같은 지구를 돌면서
음과 양, 생체시계 조절하고
달거리를 맞춰주는 거라
그래야 첫울음 터뜨리며 아기가 태어나고
거북이도 수북하게 알을 낳는 거라

달은 비정규직이라네
38만 4천 km를 내달려온 파견근로자
사계절 출퇴근 시간 다르고
대체인력이 없어 파업도 못 한다네
뒤통수의 그늘 깊지만
서비스 정신 투철하게 벙글거리는 달
주머니 탈탈 털어봤자 6펜스뿐인
몽상가의 턱이나, 시인의 가난한 창가에
날밤 새우는 비정규직의 일당은
최저임금도 비켜가는 거라

달은 감정노동자라네
달빛을 아이쇼핑하는 자들이여

손님은 왕이다

달에게 삿대질하라

무릎 꿇게 하라

차고 기울면서 감정을 조절하는

달의 코밑까지 침 튀기며 갑(甲)질 해서

우울증 걸리게 하라

그러나, moon이자 문(門)인 달

당신의 삶이 외통수에 걸렸을 때

궁지에서 탈출할 배 한 척이

머리 위에 정박하여 대기 중임을 잊지 마시라

(『애지』 2018년 봄호)

달이 이 땅에 무수한 노동자, 비정규직, 감정노동자처럼 열악한 처지에 있다고 생각하니 전에 없이 안쓰러우면서도 정감이 간다. 달은 쉬지 않고 움직이는 노동자로서 하는 일이 아주 많다. 천지간을 환히 비추고, 지구의 생체리듬을 조절한다. 지구의 생명체들은 달의 조화에 따라 잉태하고 생산한다. 그런데 달은 비정규직이어서 사계절 출퇴근 시간이 다르고 대체인력이 없어 파업도 못 하며 빛의 속도로 내달리며 쉼 없이 일한다. 달의 뒤통수는 그늘이 깊지만 앞모습은 늘 벙글거리며 몽상가나 가난한 시인의 창가에서 날밤을 새운다. 늘 웃는 낯으로 일해야 하는 달은 감정노동자이다. 만취해서 달에게 손가락질하는 손님은 부지기수고 물속에 비친 달을 향해 함부로 덤벼드는 손님들도 가끔 있다. 달은 저 자신은 조용히 차고 기울며 힘겹게 감정을 조절하면서도, 누구든 삶이 외통수에 걸려 궁지에서 탈출하려 하면 언제든 자신의 품에 태우고 떠날 준비가 되어 있다. 달은 비정규직이면도 셀 수 없이 많은 일을 해내는 대체 불가의 숙련노동자이다. 달의 속성을 인간 세상의 노동 현실에 빗대어 보니 재미있는 표현들이 많이 나와 웃음을 주면서도, 또 그런 아픈 현실을 떠올리게 되어 슬프기도 한, 그야말로 '웃픈' 시이다. (b)

무중력의 장소

이영옥

시간마저 반수면 상태인 치매병실
아흔의 김미자 할머니는
면회 온 아들을
젊은 날의 남편으로 착각하고 새색시처럼 웃는다

물휴지가 젖었다며 투정이다
휴지와 물휴지 사이에 있었던 물은 잉여다
여기에서는 '사이'에 있었던 것은 빠지고 처음이 된다
아들의 이전의 남자로
젖기 이전의 마른 몸으로

물휴지 한 통을 다 뽑아 침대 난간에 널어두고
낮잠을 주무시는 할머니
젖은 것은 말려야 한다는 당연한 생각이 말라가고 있다
분별이 사라진 자리는 무중력이다
잘 마른 물휴지가 조심스럽게 발을 뗀다
우주인이 처음 고요를 딛듯

(『모멘트』 2018년 5월호)

치매병실에서 시간은 무중력의 상태로 흐른다. 아흔 살의 할머니는 현재에 가까운 기억들을 거의 다 잊어버리고 젊은 날의 자신에 머물러 있다. 아들을 남편으로 착각하고는 새색시처럼 웃는다. 웃다가는 언제 그랬냐는 듯이 투정을 부린다. 물휴지를 보고는 휴지가 다 젖었다고 생각한 것이다. 젖은 휴지를 말리겠다고 물휴지 한 통을 다 뽑아서 침대 난간에 널어두고는 무구하게 잠에 빠져든다. 치매환자들이 보여주는 엉뚱한 행동과 관련된 이야기들은 무궁무진하다. 기본적인 분별력조차도 흐려지기 때문이다. 일반적인 판단력과 상충되는 기이한 행동을 한다는 점에서 치매환자들은 어린아이와 비슷하다. 기억을 잃은 치매환자들은 아직 판단력이 생기기 전의 어린아이들이 그렇듯 모든 것을 "처음"으로 느낀다. "당연한 생각"이나 "분별"이 없는 백지 상태와 흡사해지는 것이다. 물휴지가 낯설어진 할머니는 그것을 널어서 말리려 한다. 치매병동의 침대 난간에서 천천히 말라가는 물휴지는 할머니 자신과 같다. 점점 가벼워지면서 무중력 상태에 가까워진다. 달에 첫발을 내딛던 우주인들의 발걸음은 낯선 세계에 처음 당도한 존재들이 그렇듯 어설프고 조심스러웠다. 할머니에게 기억이 사라진 세계는 처음 만나는 곳처럼 매번 낯설 것이다. 젖은 휴지가 마르듯 점점 사라져가는 할머니의 기억력과 할머니가 걸어가야 할 낯선 세계가 실감나게 다가온다. (b)

결혼

이영주

그는 아름답고 복잡한 사람을 보면 외계인이라고 불렀습니다. 나는 한때 피라미드 내부로 들어가서 돌 위에 머리를 찍은 적이 있었지요. 한번 내리찍은 머리는 멈추지 못하고 밤이 사라질 때까지 부서지고 있었습니다. 서른이 온다는 것은 무엇일까, 중얼거리면서. 마당이 넓은 곳에 묻혔으면 좋겠다고 생각하면서요. 깊고 뾰족한 집이라는 것은 우리에게 어울리지 않으니 나는 잠시 외계인의 머리를 빌려 쓰고 있었습니다. 피라미드의 입구를 빠져나왔지만 아무도 나를 보지 못했지요. 이것은 머리가 없어서 아름다운 일. 그때부터 나는 바람처럼 달리다 멈추고 내 몸을 돌돌 말아 수많은 구멍들을 밤의 내부로 흘려보냈습니다. 우리가 밤을 걸으면 발자국도 없이 굳는다는 것을 모른 채. 돌의 숲. 그는 이불의 각을 정확하게 맞추는 사람이고 나는 그 위에 엎어져 자꾸만 돌가루를 떨어뜨립니다. 우리가 만난 것은 추방되었기 때문일지도 몰라. 아무도 돌의 내부로는 찾아오지 않지. 이렇게 빛나는 울음이 많은데, 황폐하고 쓸쓸한 눈부신 광물들이 우리를 감싸고 있는데, 그는 기억의 일부로 추락해버린 외계인을 그리워하며 신발장에 못질을 합니다. 나는 숲의 일부가 되어 딱딱하게 굳어 갑니다. 이것은 머리부터 시작되었습니다. 피라미드에 서른을 두고 돌만 얻어온 나는 머리도 없이 자라는 광물에 대한 책을 읽고 있습니다. 나는 무엇 때문에 지구의 글자를 사랑하게 되었던 것일까요. 궤도의 이탈과 회전하는 가루들 속에서 어지러움으로 이루어진 물질일까요. 나는 숲이라는 기억의 일부로 그의 마음속으로 들어갑니다. 아름답게 추락하는 광물의 에너지.

이렇게 우리가 합쳐지면 자연에서 멀어지는 것인가. 자연으로 돌아가는 것인가. 그는 내가 떨어뜨린 피라미드의 머리를 쓰고 웃습니다. 아무도 찾아오지 않는 딱딱한 숲 속에서 그는 조용히 불을 피웁니다. 돌처럼 복잡한 우리의 내부에.

(『Littor 릿터』 2018년 6/7월호)

언제부터인가 우리는 이해할 수 없는 사람을 외계인이라 부르기 시작했다. 지구 밖에서 온 존재처럼 도무지 알 수 없다는 것을 과장한 말이다. 존 그레이는 '화성에서 온 남자 금성에서 온 여자'라는 비유로 남자와 여자가 얼마나 다른 생각을 하며 사는지를 명쾌하게 표현한 바 있다. 남자나 여자가 서로를 화성인이나 금성인으로 생각할 정도로 이해하기가 어렵다면 결혼이란 외계 행성끼리의 기이한 동거 같은 것이리라. 이 시에서는 화성인인 '그'와 금성인인 '나'가 만나 함께 위태롭게 살아가는 모습을 다양한 상징과 환상적 이미지로 표현하고 있다. '나'에게 집은 피라미드처럼 깊고 뾰족하여 머리를 찍힌 기억이 있는 곳이다. '나'는 피라미드와 전혀 다른 마당이 넓은 곳에 묻히고 싶어 하는, 바람처럼 자유로운 존재이다. 그에 비해 '그'는 "이불의 각을 정확하게 맞추는 사람"이다. 이처럼 다른 사람들이 만난 것은 아마도 각자의 행성에서 "추방되었기 때문"일 것이다. 난데없이 지구에 불시착하여 불안한 동거를 시작한 이들은 "궤도의 이탈과 회전하는 가루들 속에서" "아름답게 추락하는 광물의 에너지"로서 합쳐진다. '그'에게 '나'는 "숲이라는 기억의 일부"로 자리 잡고 있는데, 아무도 찾아오지 않는 이 딱딱한 숲속에서 '그'는 혼자 조용히 불을 피우고 있다. 이 시의 아름답고 기이한 이미지들은 결혼이 왜 어렵고 복잡한 일인지를 깊이 생각해보게 한다. (b)

도라지꽃밭

이윤학

접어놓은 껌 종이를 펴 냄새를 맡곤 하는 소녀에게 도라지꽃이 피어
난 꽃밭 앞에 쭈그려 앉은 소녀에게 아직도 집 떠난 엄마 냄새가 나냐
고 물으려다 말았다 이곳은 두 마리 분의 개똥을 내다 버린 공터였다
말을 못하는 막내 이모를 위해 돌아가신 할머니가 만든 도라지 꽃밭이
었다 흰색 보라색 낮 별들이 무슨 죄를 짓고 하늘에서 추방된 곳이라
소녀에게 말할 수 없었다 까맣게 탄 소녀의 얼굴이 눈물범벅이 되었다
한순간만 기억나는 뙤약볕이 이 세상에 존재했다 활짝 핀 낮 별들이 붉
은 눈을 비비며 우는 소녀와 태양뿐인 하늘을 지켜보았다

(『시인동네』 2018년 7월호)

접어둔 껌 종이를 접었다 펴곤 하는 소녀는 정지된 시간에 고여 있거나 자폐된 채 도라지 꽃밭 앞에 쭈그려 앉아 있다. 소녀는 껌 냄새를 통해 가출한 엄마의 기억을 소환하는 중이다. 하지만 그건 나에게도 마찬가지다. 그 도라지꽃밭은 내가 두 마리 분의 개똥을 버린 공터이자 할머니가 말 못하는 이모를 위해 만든 기억이 내장된 추억의 장소다. 그러니까 소녀와 나는 서로 각기 다른 사건이나 사연으로 그 장소에 있다. 하지만, 한순간만 기억나는 순수기억(베르그송) 속에서 소녀와 나는 동일한 강도의 슬픔과 고통을 지닌 존재론적 기억을 공유하는 중이다. 언젠가 마주친 적이 있는 나와 소녀는 서로 간의 불통 속에서도 똑같은 방식으로 불안하고 불행한 유년과 가족사를 앓고 있다. 분명 활짝 핀 낮 별들이 붉은 눈을 비비며 우는 고여 있는 정지의 한순간. 그러나 머나먼 태양뿐인 하늘로 소용돌이치듯 역류하며 어떤 말 못할 상처의 진앙으로 흐르는 쉽게 봉합되지 않는 눈물이 도라지 꽃밭을 앞두고 나와 소녀 사이를 오가고 있다. (a)

초원길에서

이윤훈

손님의 먼 걸음을 위해 살찐 양을 고릅니다

양을 잡는 일은 성스러운 일이라

땅에 피를 흘리지 않습니다

비천한 곳이 성소로 변하는 때입니다

속이 다 드러난 양

그 뱃속에 달궈진 돌을 넣습니다

기다림은 순정한 기도입니다

속속들이 잘 익어 탁자에 오른 양

신성한 음식입니다

젓가락을 드는 일조차 거룩한 의식이 됩니다

죄조차 순결해지는 때입니다

산들바람이 하늘에 양떼를 몰고

하얀 게르가 부풀어 오릅니다

마두금은 어둠 속에서 초승달을 꺼내 동쪽에 내걸고

먼 별들까지 또렷이 하늘에 뿌려놓습니다

속가슴까지 열지 않고서야 어찌 온전히

밤하늘을 송두리째 들일 수 있겠습니까

이런 밤은 나도 속까지 다 바뀝니다

환골탈태한 목숨이 별처럼 빛납니다

(『시산맥』 2018년 봄호)

우연찮게 집에 초대된 손님의 먼 길을 위해 살찐 양을 잡는 풍습은 단지 유목민만의 아름다운 미풍양속에 그치지 않는다. 한낱 양을 잡을 때조차 땅에 피 흘리지 않게 조심하는 그들의 모습은, 타자를 자기 안으로 동화하거나 통합하기보다 타자를 수용하면서 타자로 향해 가는 우리들의 열망과 초월의 움직임을 나타낸다. 속이 다 드러난 양의 뱃속에 달궈진 돌을 넣어 속속들이 익히기를 기다리는 시간이 순정한 기도가 되고, 양을 잡는 비천한 장소가 성소로 변하며, 단지 젓가락 드는 동작조차 거룩한 의식이 되는 것은 그 순간이다. 그저 가난하고 힘없는 양과 같은 처지의 약자들의 슬픔과 아픔을 함께 느끼고 기꺼이 거기에 동참하려는 의식을 넘어 타자의 말없는 호소에 귀 기울일 때, 우린 이내 자신이 지은 죄조차 순결해지는 순간을 맛볼 수 있다. 세상의 모든 것들을 자발적이고 자청하여 무한의 책임과 의미를 지우는 삶의 방식이 우릴 산들바람이 하늘로 양떼를 몰고 가거나 하얀 게르가 부풀어 오르는 이적(異蹟)의 현장으로 인도한다. 유아론적인 자기중심보다 타자를 향해 속가슴까지 활짝 열며 환골탈태한 목숨으로 도약할 때, 우린 문득 밤하늘에 빛나는 별처럼 유한한 가능성을 넘어 무한한 미래의 시간성을 약속 받을 수 있다. (a)

늦게나마 고마웠습니다

이은래

자욱한 최루에 맞서는
뜨거운 거리였다

가투를 치르다 다리를 다쳐
바지에 핏자국 배었다
골목길 달리는데
앞에서 검문 중이었다

누군가 옆에 와서 팔짱을 꼈다
편안하게 가요, 부부인 척하고
임신 중인 불룩한 배가 눈에 들어왔다
그이가 피 묻은 바지 위로 몸을 붙였다

낯선 친절의 그늘에 숨어
골목을 나왔다
조심하세요
치마에 붉은 얼룩이 눈에 들어왔고
인사도 못한 채 거리로 뛰어들었다

그 아득한 길을 지나와도
검문은 길목마다 나를 기다렸다

막다른 길에서 멈칫거릴 때
편안하게 가요
얼굴도 떠오르지 않는데
내 피 묻은 바지를 가리던
붉은 얼룩 치맛자락이 보인다

(『푸른사상』 2018년 겨울호)

위의 작품의 화자는 "가투를 치르다 다리를 다쳐/바지에 핏자국
배"인 채 "골목길 달리는데/앞에서 검문 중"인 상황에 맞닥뜨리고 말았다. 가
투(街鬪)한 흔적이 역력하므로 붙잡혀 가서 조사를 받고 정도에 따라 처벌을
받아야만 하는 상황이었다. 그때 "누군가 옆에 와서 팔짱을" 끼고 "편안하게
가요, 부부인 척하고" 돕는 여성이 있었다. "임신 중인 불룩한 배가 눈에 들어
왔"는데, "그이가 피 묻은 바지 위로 몸을 붙"여 무사히 검문을 통과할 수 있
었다. 이와 같은 장면은 영화에만 나오는 것이 아니라 실제로 민중 항쟁에서
일어난 일이다. 3 · 1운동을 비롯해 4 · 19혁명, 광주민주화운동, 6월 항쟁 등
등의 민중 항쟁에는 언제나 이와 같은 연대가 있었던 것이다. 어느덧 "자욱한
최루에 맞서는/뜨거운 거리"가 사라진 시대에 살아가고 있을 만큼 우리는 정
치 민주화를 이루었다. 그렇지만 화자는 "그 아득한 길을 지나와도/검문은 길
목마다 나를 기다"리고 있다고 토로한다. 자본주의 체제의 심화로 인해 경제
적 약자는 여전히 가투를 해야만 하는 상황인 것이다. "늦게나마 고마웠습니
다"라는 마음이 있기에 그 극복을 향한 연대가 가능해 보인다. (c)

공장 굴뚝들을 보고 있으면

이은봉

공장 높은 굴뚝들을 보고 있으면
쌓아올린 벽돌,
벽돌 하나의 신음소리가 들린다
들린다 온갖 숨소리가 다 들리고
젖은 숨소리가 들리고
어디, 누이의 감춘 치맛자락도 보이는 것만 같다

보고 있으면 있을수록
소문만 부풀고
헛배만 부풀고
쉬어빠진 눈물 하나
가로등 불빛 하나

젖은 불빛 사이로
누이의 첫사랑이 날리고
작부집 젓가락 장단이 날리고
우수수 쓸어내는 그리움
핏빛 그리움

공장 높은 굴뚝들을 보고 있으면
바보같이 나는

자꾸 흔들린다

숨소리도 꿈도 흔들리고

또 높은 굴뚝들도 금세 흔들릴 것만 같다.

(『푸른사상』 2018년 겨울호)

서울시 목동 열병합발전소의 75미터 굴뚝에서 426일 동안이나 농성을 하던 파인텍 노동자들이 2019년 1월 11일 노사 협상이 타결됨으로써 지상으로 내려왔다. 파인텍의 노사 갈등은 2010년 스타플렉스가 파산 기업인 한국합성을 인수해 스타케미칼을 세우면서 발생했다. 스타케미칼이 2년 연속 적자를 이유로 사업장을 청산하고 노동자들을 권고 사직시키거나 해고시키자 노동자들이 거부하고 복직 투쟁을 벌인 것이다. 파인텍 노동자들뿐만 아니라 우리나라의 많은 노동자들은 자신의 권익을 지키기 위해 마지막 수단으로 고공농성을 택하고 있다. 위의 작품의 화자는 이와 같은 상황을 안타까워하며 "공장 높은 굴뚝들을" 바라보며 "쌓아올린 벽돌,/벽돌"들이 내는 "신음소리"를 듣는다. "자꾸 흔들"리고 "숨소리도 꿈도 흔들리고" "높은 굴뚝들도 금세 흔들릴 것만 같다"고 느끼기도 한다. 사회적 연대만이 열악한 현실에 놓인 노동자의 권익을 지킬 수 있다. (c)

망원경

이정모

−아들아, 매력이란 말 알재?
그게 한자로는 귀신 귀 변에 아니 미 자란다
귀신이 아닌데 귀신같이 사람을 끈다고 하는 뜻이란다

그때는 어리고 아둔하여 그 참뜻을 몰랐지만
지금까지 이보다 밝은 해설을 난 아직 들어본 적이 없다

출렁이는 세상을 술잔에만 담으려 한 아부지는
파도가 없는 날이면 바닷가 바람처럼 부드러우셨다
귓속으로 들어오는 따뜻한 바닷새 소리는 나의 스승이었다

어느 날 나도 그 새소리를 내고 있는 것을 깨닫고 놀랐으며
다시 살아난 문장에 꽃처럼 환하게 핀 적 있었다

아들은 소리가 되지 못한 비명을 지르고 있었고
나는 그 새소리로 정상에서의 환호성과 따뜻한 햇볕에 대해서
그리고 햇살이 키우는 나무에 대해서 일렀고
잎새는 조용히 끄덕이고 있었다

시험을 끝내고 들어오던 아들의 오후 속에서
난 아부지의 치아에서 반짝이는 빛을 보았다

그렇다,
아부지는 세상에서 가장 앞선 망원경을 가지고 계셨고
얼굴도 모르는 손자의 세상을 위해
앞날을 보는 눈을 미리 내게 심어놓으셨던 거다

(『시와 사상』 2018년 여름호)

위의 작품의 화자가 말하듯이 "매력이란 말"의 매(魅) 자는 "한 자로는 귀신 귀 변에 아니 미 자"이다. "귀신이 아닌데 귀신같이 사람을 끈다"는 의미이다. 화자는 "출렁이는 세상을 술잔에만 담으려 한 아부지는/파도가 없는 날이면 바닷가 바람처럼 부드러우셨"고, "귓속으로 들어오는 따뜻한 바닷새 소리는 나의 스승이었다"고 밝히고 있다. 아버지를 귀신같은 존재로 여기는 것이다. 그리하여 "어느 날 나도 그 새소리를 내고 있는 것을 깨닫고 놀랐으며/다시 살아난 문장에 꽃처럼 환하게 핀 적 있었다"고 고백한다. "소리가 되지 못한 비명을 지르"는 "아들"에게 "나는 그 새소리로 정상에서의 환호성과 따뜻한 햇볕에 대해서/그리고 햇살이 키우는 나무에 대해서 일"러 줄 수도 있었다. 결국 "아부지는 세상에서 가장 앞선 망원경을 가지고 계셨"다. "얼굴도 모르는 손자의 세상을 위해/앞날을 보는 눈을 미리 내게 심어놓으셨"던 이다. 아들뿐만 아니라 손자까지 이끌고 있는 아버지의 매력은 사랑이다. (c)

코러스

이 필

어떤 후렴은 구름과 동일 성분이라는 거
흘러간 것들만을 모으던 기억
철봉에 거꾸로 매달려 있던 소녀 손이 미끄러져
모래밭으로 떨어질 때
그 순간,
먼 미래가 밀려왔다 되돌아가는 느낌
5초 뒤 나의 흥얼거리는 음역으로
다시 떨어지는 음의 교란

어쩌면 소녀가 내게 들려주려는 노래였을까
삼십 년 전 허밍이
이제야 창문에서 떨려온다

라디오 잡음 속으로 빗줄기가 주파수를 맞추고
노란 호박 안에 불을 켠 것 같은
이름,
5초 전 목소리와 5초 후 목소리가 다정하게 겹칠 때
까만 겹눈의 시차를 생각한다

몇 권의 책이 후두둑 책장에서 떨어지는 어느 오후
빈자리에는 점과 선의 배열이 있다
화음이 창밖 구름을 따라 전깃줄에 걸리는 순간
여진처럼 집이 흔들리기 시작했다

(『문학사상』 2018년 1월호)

지진으로부터 비교적 안전하다고 여기며 살았던 우리나라에
서도 심심치 않게 지진 소식이 들려오고 있다. 특히 2016년의 경주 지진이
나 2017년의 포항 지진은 강도가 상당해서 전례 없이 피해가 컸다. 이 시에서
는 지진이 일으킨 낯선 경험을 오래전의 기억과 연결하여 감각적으로 재현하
고 있다. 어떤 특별한 경험은 몸의 기억으로 남아 깊숙이 잠재해 있다가 비슷
한 느낌이 올 때 고스란히 살아나기도 한다. 이 시의 화자는 지진으로 흔들리
는 자신의 몸에서 아주 어렸을 적 철봉에서 떨어졌을 때의 기억을 떠올린다.
형언할 수 없이 아찔하고 멍한 그 순간은 "먼 미래가 밀려왔다 되돌아가는 느
낌"처럼 아득하고 기이하다. 통증의 감각마저 한참 뒤에 나타나기 때문에 5초
후 겨우 소리가 되어 나오던 그때, 삼십 년 전 어린 소녀였던 '나'의 "허밍"에
화답하듯, 뒤늦게 '나'의 목에서 소리가 흘러나온다. 라디오의 잡음 사이를 지
나 드디어 주파수가 맞으면 "노란 호박 안에 불을 켠"듯 환하게 밝아지며 증
폭되던 노랫소리처럼 삼십 년 전의 '나'와 지금의 '나'의 소리가 화음을 일으키
며 만난다. 이 시에서는 지진이 불러온 뜻밖의 기억을 과거와 현재의 시간이
공명하면서 만들어낸 코러스로 아름답게 포착하고 있다. (b)

이미 너무 많이 가졌다

1

젊은 날 녹음해서 듣고 다니던 카세트테이프
를 꺼내 듣다가, 까맣게 잊었던 노래
그 노래를 좋아했던 시간까지 되찾고는 한다.

그러니 새 노래를 더 알아 무엇 하나,
이미 나는 너무 많은 노래를 좋아했고
그 노래들은 내 한 시절과 단단히 묶여 있는데
지금 들으면 간주마다 되새길 서사가 있어
귀에 더 두툼하고 묵직하니

이제, 모아둔 음반, 가려 녹음해둔 테이프
를 새겨듣기에도 내 세월이 넉넉하지 않음을 안다.

2

옷장을 열어보면,
기워 입지 않고 버리는 부유한 세상으로 건너오며
한 시절 내가 골라 입었던 적지 않은 옷들,
오늘 내 생애처럼 걸려 있거나 쌓여 있다.
다 아직 입을 수 있는 옷들,
반팔, 반바지는 헌 자리 하나 없다

그러니 새 옷을 더 사 입어 무엇 하나,
문득 열 해, 스무 해 전 옷을 입고 거리에 나서면
나는 그때 나이로 돌아간다, 그렇게 여긴다.
사진첩 속에 멎어 있던 젊은 내가 햇살 속을 활보한다.

   3

새 사람을 사귀어 무엇 하나,
내가 챙기지 못해 멀어진 사람들,
아직도 할 말, 들을 말이 남은 헤어진 사람들
옛 주소록 여기저기 간신히 남아 있다.

아주 늦기 전에, 그들을 찾아
지난 세월의 안부를 물으며 위로하고 위로 받고
거듭 용서를 구하기도 하고, 간혹 용서하기도 하면서
우리가 낳지 않는 사람들의 안부를 알아볼까,
그 이름을 낮게 불러볼까.

(『시로여는세상』 2018년 여름호)

친구와 포도주는 오랠수록 좋다는 말이 있는데, 오랠수록 좋은 것은 그뿐만이 아니다. 오래 전부터 들던 노래도 들을수록 좋다. 귀에 익어서 좋기도 하고, 그 노래를 듣던 시간들이 되살아나기 때문에 좋기도 하다. 라디오를 들으며 녹음 버튼을 눌러 한 곡 한 곡 챙겨 만든 카세트테이프나 친구나 연인에게 선물받았던 시디에 담겨 있는 노래들에는 잊지 못할 시간의 더께가 붙어 있다. 추억이 깃든 노래들만 듣기에도 세월이 넉넉하지는 않을 것이다. 오래된 옷은 어떠한가. 유행에 민감한 사람이 아니라면, 체격이 몰라보게 달라진 사람이 아니라면, 오래전 옷이라고 못 입을 일은 없다. 오래된 옷은 새 옷이 거쳐야 할 어색한 시간 없이 언제든 편하게 걸칠 수 있다. 옷감은 부드럽게 길이 들어 있고 이미 익숙해진 스타일은 부담이 없다. 더구나 스무 해 전 입었던 옷은 그 시절의 기분으로 돌아가게 해주니 이 또한 좋은 일이다. 오래된 사람은 어떠한가. 변함없이 만나는 사람들도 있지만 옛 주소록 속에는 잊고 지낸 사람들, 언제부터인가 연락이 끊긴 사람들의 이름이 가득하다. 너무 늦기 전에 그들을 찾아 안부를 묻고, 위로와 용서를 주고받는 일이 누군가를 새로 사귀는 것보다 낫지 않을까. 모두가 새 노래에 열광하고, 새 옷을 좋아하고, 새 사람을 사귀려 애쓰는 시대에, 옛것이 좋고 그것으로 충분하다고 하는 이런 태도가 오히려 신선하게 다가온다. 담담한 산문적 진술에 내재해 있는 독특한 리듬감과 말맛도 흥취가 있다. (b)

플랫폼

이희형

나는 우산을 들고 승강장에 서 있습니다 오늘 저녁엔 제사가 있었습니다 이곳엔 비가 오고 있고 반대편에서는 눈이 오고 있습니다 나는 검정 장우산을 썼습니다 그게 어른스러운 것 같다고 생각했습니다 천천히 쌓이는 눈을 지켜보다가 전광판에 양쪽 열차가 모두 지연되고 있다는 알림이 뜬 것을 보았습니다 귓가에서 빗소리가 터지고 있습니다

반대편 승강장에서 사람들이 모여들고 장갑과 목도리를 끼고 모두 누군가의 손을 잡고서 먼 곳에서 다가오는 열차의 소리를 듣고 있습니다 내가 서 있는 곳에서는 아무도 보이지 않았습니다 아무도 가지 않는 곳을 내가 가고 있다는 생각이 듭니다

다가오던 열차가 어느새 승강장 앞에 섰습니다 사람들이 분주히 열차에 오릅니다 정해진 자리에 앉는 사람들이 흐릿하게 보이고 열차가 사라지고 이내 사라지는 소리만이 정거장에 남았습니다

지연된 열차가 다가오지 않았습니다 아직 아무도 나를 데리러 오지 않았는데 해가 지고 승강장의 불이 모두 꺼졌습니다 우산 속에서 빗소리를 들으면서 저녁을 맞고 있습니다

산 사람들끼리 죽은 사람을 만나러 가는 길이었습니다

(『현대문학』 2018년 12월호)

이 시에서는 어떤 애니메이션 영화의 한 장면처럼 삶의 세계
와 죽음의 세계에 대한 상상을 펼치고 있다. 제사가 있었던 날이어서 이런 상
상이 자연스럽게 전개된다. '나'는 우산을 들고 승강장 이편에 있는데, 반대편
에는 눈이 오고 있다. '나'는 검정 장우산을 쓰고 있는데, 그게 '어른스러운 것
같다'고 생각하기 때문이다. '나'는 아직 눈이 내리는 저편 세상과 멀리 떨어
져 있지만 어른스러운 것이 그곳과 좀 가까워지는 것이라고 느끼는 듯하다.
저편에는 천천히 눈이 쌓이고 있는데 '나'의 귓가에서는 생생하게 빗소리가
터지고 있다는 것은 두 세계의 차이를 선명하게 드러낸다. 반대편 승강장에서
는 열차를 타려고 사람들이 모여들고 있는데, 이편에서는 아무도 보이지 않
는다. '나'의 고립감은 점점 커진다. 드디어 반대편 승강장에 열차가 도착하고
기다리던 사람들은 분주히 정해진 자리에 올라타자 열차는 떠나간다. 이편 승
강장으로는 열차가 아직도 오지 않는다. 아무도 '나'를 데리러 오지 않았는데
어느새 해가 지고 승강장의 불도 모두 꺼져버렸다. 우산 속의 '나'는 하염없는
빗소리를 듣고 서 있다. 플랫폼은 열차가 정차하는 곳이다. 정해진 선로를 달
리는 열차는 조금 지연될 수는 있어도 반드시 도착하게 되어 있다. 삶의 세계
와 죽음의 세계도 벗어날 수 없는 궤도로 이루어져 있으니 열차를 타고 달리
는 일과 흡사하리라. 플랫폼은 열차가 잠시 멈춰서 사람들을 태우고 다시 떠
나는 곳이다. 제삿날 플랫폼에 선 '나'는 엇갈린 선로 앞에 서서 아주 오랫동
안 삶과 죽음의 의미를 생각해본다. 이쪽은 분명 비가 오고 있는데 저쪽에서
는 눈이 쌓이고 있는 것처럼 가까이 있으면서도 전혀 다른 죽음의 세계를 얼
핏 건너다본다. (b)

수레 1

장석남

길모퉁이, 엉겅퀴 곁
물건을 나르던 수레가 쉬고 있다
거기 기대거나 앉아 여러 사람들이 쉬고 있다
꽃이나 청춘을 이야기하거나
질투와 노여움을 이야기한다
그때마다
'아니지 아니지'
'그렇지 그렇지'
아주 단순한 말로 뼈마디를 부딪혀
수레는 동참한다

(『모멘트』 2018년 5월호)

수레는 수천 년 동안 인류와 함께 해온 문명의 산물이다. 구를 수 있는 바퀴를 발명하면서 인류는 획기적인 운송을 시작하였다. 바퀴를 장착한 수레는 인간이 가는 곳은 어디든 따라다니며 함께 움직이거나 멈추는 동행자 역할을 해왔다. 이 시에서 수레는 엉겅퀴가 피어 있는 들길에서 사람들과 함께 멈추어 쉬고 있다. 여러 사람들이 수레에 기대거나 앉아서 쉬는 것으로 보아 꽤 큰 수레일 것이다. 사람들은 수레를 길모퉁이에 세워놓고 쉬면서 이야기꽃을 피운다. 아름답고 빛나던 시절의 이야기도 하고, 질투나 노여움 같은 주체하기 힘든 감정도 쏟아낸다. 사람들이 흥분해서 몸을 흔들며 이야기할 때마다 수레는 함께 흔들리며 동조한다. 수레가 삐거덕거리며 내는 소리는 '아니지 아니지' 또는 '그렇지 그렇지' 같은 아주 단순한 말로 하는 화답이라는 절묘한 표현을 얻는다. 이 시에서 수레는 항상 곁을 지키며 묵묵하게 응원해주거나 조용히 타일러주는 듬직한 친구를 연상시킨다. 백 마디 말보다 더 믿음직한 말을 한 번의 고갯짓으로 보여주는 과묵한 친구처럼 수레는 단순하면서도 깊은 지혜를 드러낸다. (b)

악몽은 밤에 더 번성하죠

장석주

한밤중 빈 부엌에서 유령 하나가
조심스럽게 기척을 내요. 가스렌지 불은 꺼졌는데,
냄비마다 국은 끓어 넘쳐요.
어디서 보았더라? 당신의 모호한 얼굴을
미처 알아보지 못하겠지요. 이 시각 우체국에서는
편지가 날아다니고, 작년에 죽은 자의 시체가
땅속에서 일어나요. 양치류가 자라는 숲속에
숨은 겨울 스물몇 개가 발각당할 때
부엌의 냄비에서 끓어 넘치는 것은
은닉된 슬픔이겠지요. 밤은 연옥을 헤매는
유령이 벗어놓은 외투에 지나지 않아요.
당신을 편애하는 나는 당신의 전공자예요.
먼 밤이 성큼 가까워지네요. 한여름밤
유성이 영원의 가장자리를 스치며 떨어져요.
어디에 연옥이 있나요? 어느 계절이건
깨지지 않은 연애란 있을 수 없어요.
가을의 어떤 문이 열리고, 겨울의 어떤 문은
거칠게 닫쳐요. 밤의 유령이 분주하게
돌아다닌다는 증거겠지요.
밤의 입술은 말할 수 없는 혀를 가졌어요.
그게 짐승이 울부짖음에 집중하는 이유겠지요.
길고양이가 허공을 할퀴며 울 때

동공에 파란 불꽃들이 피어나요. 밤은
흘러넘치고 어디에나 홍건해요.
밤의 옷매무새를 가다듬는 당신은 누구십니까?
당신이 밤에 연루된 자, 밤의 색골,
밤의 유령, 밤의 광인인가요?
밤이 몇만 필 검정 비로드 위에 별을 쏟을 때
당신은 밤의 한가운데를 열고
내일 아침 식사 준비를 위해 돌아서지요.
유령과 쥐들은 잠들지 않아요.
새날이 올 때까지 당신과 나는
이 밤을 지키는 상근직원이지요.

(『시와표현』 2018년 8월호)

모든 것이 백일하에(an den Tak)에 드러나야 한다는 입장에 서 있는 이들에게 밤은 그저 무섭거나 두려운 대상으로 생각하기 쉽다. 하지만 그 밤은 빛과 진리, 이성과 질서를 나타내는 낮에 가린 사물들이 유령처럼 깨어나는 시간이다. 흔히 정적과 고요의 시간으로 치부하기 일쑤인 밤은 의외로 낮 동안 경험할 수 없었던 새로운 의미의 소란과 움직임을 보여준다. 불이 꺼졌는데 냄비마다 국이 끓어 넘치거나 죽은 자의 시체가 땅속에서 일어나는, 곧 합리적이고 명확한 의식이 지배하는 낮의 세계에서 좀처럼 기대할 수 없는 사건들이 아무렇지 않게 일어나는 세계가 밤의 세계다.

밤의 세계는 그런 점에서 죽은 사람의 영혼이 바로 천국에 들지 못한 채 불의 고통으로 죄를 씻어낸다는 연옥(煉獄)을 닮아 있다. 그 밤의 세계에선 천국과 지옥의 사이에 있다는 연옥처럼 양치류가 자라는 숲속에 숨어 있던 스물몇 개의 겨울이 발각되거나 은닉된 슬픔으로 부엌의 냄비가 끓어오르는 것이 매우 자연스럽다. 이편과 저편 그 어느 곳에서도 자유롭지 않지만 그만의 뚜렷한 영역을 고수하며 자유로운 시공간이 밤의 영역이다. 비록 유령이 분주하게 돌아다니고 악몽이 더 번성하더라도, 관성적인 삶의 운동과 중력에서 벗어나는 능동적이고 자발적인 힘을 선사하는 게 밤의 또 다른 매력이라고 할 수 있다. (a)

비린내 물씬,

장옥관

생명 품은 것들은 비린내를 풍긴다
공기를 머금은 빗방울이
그렇고, 산란 직전의 고등어가 그러하다
또한 나는 안다
비린내 때문에
물고기를 못 먹는 사람들은
입술에 달라붙은 젖비린내 때문에
사내들 그토록
유방을 탐하는 건 아니겠지만
살아 있기에 오직 새어나오는
붉은 비린내
발길에 짓이겨진 풀잎에조차 풍겨나는
생의 비린내
어젯밤 야성의 고양이 한 마리
쓰레기통 옆에서
쓰고 버린 콘돔 핥는 걸 보았다
비린내를 핥고 있었다
개기월식에 겹쳐진 슈퍼 문 블루 문
수십 년 만에 찾아온
밤이었다
비린내 물씬, 풍기는 오래된 밤이었다

『시인동네』 2018년 3월호)

현대 문명 속에서 '비린내'는 비위생적이고 불건강한 감각으로 취급되고 있는 형편이다. 하지만 산란 직전의 고등어를 비롯한 모든 생명체는 그 생명력과 건강성을 비린내로 그 존재를 알린다. 더러 그 비린내 때문에 물고기를 못 먹는 사람들도 있지만, 그러나 한낱 발길에 짓이겨진 풀잎에조차 스며 있는 비린내야말로 원초적인 생명력을 표상하는 감각 중의 하나다. 따라서 어젯밤 길고양이 한 마리가 쓰레기통 옆에서 쓰고 버린 콘돔의 비린내 핥고 있는 장면은 단지 더럽거나 부정적인 현상이 아니다. 그 고양이가 핥고 있는 정액의 비린내는 원초적인 자연의 생명과 인간의 욕망을 부정하고 부패시키면서 성장하는 물질 위주의 현대문명을 비판하고 대항하는 원초적인 욕망의 감각의 재현 행위다. 때마침 개기월식이 진행되는 그 밤에 물씬 풍겨 나온 비린내는, 질식해가는 인간 본연의 존재성을 상기시킨다. 모든 인간 신체의 가장 근원적인 감각 중의 하나로 그 어디서든 물씬 풍겨 나오며 그 집단적 생명성을 환기시키는 게 올바른 의미의 비린내라고 할 수 있다. (a)

홈페이지 앞에서

정끝별

식탁이다, 파도를 품은 몽돌들, 임시저장된 얼굴로 로그인되어 있다, 서로를 스킵한다, 접속하면 악플이다, 숟가락과 변기와 가족력을 공유하면서

서로에게 자동 로그아웃된 지 오래

양은냄비다, 큰 네 컵의 물이다, 제 몸을 달달 끓이고 있다, 금세 사라질 텐데, 서로의 목줄을 쥐고 각자의 방문을 잠근 채 서로의 숨통을 당기고 있다

말을 해, 내가 스팸 처리된 이유, 너에게 금지된 이유를!

화병이다, 꺾인 가지들, 물때 낀 기억이 녹조의 눈금을 새기며 졸아들고 있다, 핸드폰 속 서로의 은신처를 찾아 GPS 추적중이다

집과 짐과 징과, 가족과 가축과 가출과 가책은, 다른가?

현관이다, 장마철에 세워둔 우산이다, 철 지난 눈사람처럼 서 있다, 너무 혼자여서 혼자인 줄도 잊고 있다, 젖은 채 접힌 살들이 서로의 미래에 녹물을 들이면서

인증암호조차 잊었다 계정을 삭제해야 할까

(『시와반시』 2018년 여름호)

같이 살면서도 각자의 세계에만 빠져 있는 가족은 이런 모습일 것이다. 이런 가족의 단면을 '홈페이지'로 비유하니 흥미로운 비유들이 발생한다. 식탁에서도 이 가족은 임시저장된 얼굴들을 펼쳐놓고 있다. 수없이 많은 파도에 닳고 닳은 몽돌들처럼 표정 없이 서로를 스킵하지만 접속하면 언제 악플이 달릴지 모를 위태로운 상황이다. 숟가락과 변기와 가족력 같은 내밀한 삶을 공유하면서도 이들은 서로에게서 자동 로그아웃된 지 오래다. 양은냄비에서 달달 끓고 있는 큰 네 컵의 물처럼, 한 집의 방 네 칸에 각자 들어앉아 서로를 스팸 처리한 채 금지하고 있으면서도 속을 끓이며 그 이유를 알고 싶어 한다. 녹조 낀 화병의 꺾인 가지들처럼 모두 함께 했던 기억의 저장소는 물때가 끼어 흐릿하고, 단절된 관계 속에서 서로의 은신처를 찾기는 묘원하다. '집'은 '짐'과 '징'으로, '가족'은 '가축'과 '가출'과 '가책'이라는 부정적인 단어들과 연결되며 의미가 변질된다. 이런 집과 가족은 서로에게 벗어나고 싶은 무거운 짐덩어리일 뿐인가. 화자는 현관 앞에서 장마철에 세워둔 우산처럼 푹 젖어서, 철 지난 눈사람처럼 망연자실 서 있다. 젖은 채 접혀 있는 우산은 서로의 미래에 녹물을 들이며 삭아가고 있다. 이런 기이한 '홈' 페이지를 앞에 두고 화자는 인증암호조차 잊어버린 것처럼 소통할 길이 막막하여 계정 삭제를 고민할 정도로 자괴감에 빠져버린다. 이 시에서는 첨단의 사회적 소통망을 갖추었지만 점점 삭막해지는 이 시대의 가족관계가 '홈페이지'를 비롯한 다양한 컴퓨터 용어들로 절묘하게 표현되어 실감을 더한다. (b)

몸의 중심

정세훈

몸의 중심으로
마음이 간다
아프지 말라고
어루만진다

몸의 중심은
생각하는 뇌가 아니다
숨 쉬는 폐가 아니다
피 끓는 심장이 아니다

아픈 곳!

어루만져주지 않으면
안 되는
상처 난 곳

그곳으로
온몸이 움직인다

(『푸른사상』 2018년 겨울호)

위의 작품의 화자가 "몸의 중심은" "생각하는 뇌"나 "숨 쉬는 폐"나 "피 끓는 심장이 아니"라 "아픈 곳"이라고 제시한 것은 체험의 진단이기에 보편타당성을 갖는다. "어루만져주지 않으면/안 되는/상처 난 곳", "그곳으로/온몸이 움직"이는 것은 이치이다. 곧 "몸의 중심으로/마음이" 가고 "아프지 말라고/어루만"지는 것이다. 화자가 이와 같은 이치를 제시한 것은 사회에 경각심을 주기 위해서이다. 자본주의 체제에서는 정치적으로 경제적으로 사회적으로 아픈 개인이 보호받기는커녕 소외당하기 일쑤이다. 민주주의가 극단적인 평등을 긍정하는 체제라면 자본주의는 극단적인 불평등을 긍정하는 체제이기 때문이다. 그리하여 화자는 "어루만져주지 않으면/안 되는/상처 난" 사람들에게 사회가 "움직"여주길 희망하고 있는 것이다. (c)

기차가 온다

정연홍

기차가 온다
어느새 발치에 기차가 와 있다
천막을 걷고 생선 대야를 치우고
야채 바구니를 들어낸다
도로 위로
기차가 지나간다 그 많던 사람들은 어디로 사라졌나
닭들과 염소들은

기차가 온다

가방 하나 메고 기차에 올랐다
구로역 가는 전철을 타고,
구로역에 내렸을 때 기차가 지나갔다

겨울 내내 기차만 바라보며 지냈다
창 너머로 기차가 지나갔다

다시 철로 위로 천막이 쳐지고
닭들과 염소와 강아지들이 점령했다

비린 냄새가 진동했다
사람들이 모여들었다

낯선 사람들이 낯익게 보였다
과일과 빵을 샀다

또 기차가 왔다

봄이 되어 구로역을 떠났다
함께 일했던 해남 아저씨
실습 나온 기철이
아직 그 공장에 있을까

그 역엔 아직 기차가 다니고 있을까

(『동리목월』 2018년 가을호)

"기차가" 동네에 들어온 뒤 사람들은 "천막을 걷고 생선 대야를 치우고/야채 바구니를 들어"내었다. 작품의 화자 역시 "가방 하나 메고 기차에 올랐다". 화자가 닿은 곳은 "구로역"이 있는 도시, 곧 구로공단이었다. 1960년대에 조성된 구로공단은 서울시 수출산업공단 제1단지가 되어 11만 명의 노동자들이 모여들었다. 1980년대에 들어서는 재벌들이 주도하는 중공업 단지로 바뀌었다. 그렇지만 노동자들은 장시간 노동에 시달렸을 뿐만 아니라 적은 임금과 열악한 작업 환경으로 말미암아 고통을 겪었다. 독재 정권과 사업주는 작업 환경을 개선하기는커녕 노동자들의 노동권조차 탄압했다. 노동자들이 민주노조를 결성하고 동맹파업을 일으킨 일은 그와 같은 환경에 맞선 것이다. 화자는 인간이 인간을 사고파는 시장에 불과한 그곳을 떠나기로 결심한다. 사람들과 생선 대야와 야채 바구니와 닭들과 염소들이 어울리는 고향으로 돌아가기로 한 것이다. 화자는 "기차가" 들어온 "봄"날 그 뜻을 이루었다. (c)

태정이

정우영

그리 일찍 갈 거면 여긴 왜 왔대.
어이구, 왜는 무슨 왜야.
그저 왔다가 때 되어 돌아간 거지.
죽고 사는 데 뭘 자꾸 갖다 붙이려 해.
그냥 살아. 살다 보면 의미는 붙는 거 아닌가.
얼마나 귀해. 누군가와 산다는 것.
눈과 눈으로 주고받는다는 것.
손과 손을 마주 잡는다는 것.
나무와 함께 바람과 함께 머문다는 것.
숨이 숨을 불러내는 저 새들 좀 봐.
기막히잖아. 즐겨요, 즐겨.
넌 혼자 지내다 갔잖아.
혼자라니, 이 무슨 섭섭한 말씀.
봄여름갈겨울 가리지 않고
얼마나 많은 목숨들과 끈끈했는데.
뒤뜰 같은 데 가만히 앉아 있어봐.
개미땅강아지귀뚜리지렁이꼬물꼬물애벌레들 말 걸고
바랭이쇠뜨기여뀌쇠비름꽃무릇돌나물 폭 안겨오잖아.
똥냄새오줌냄새 섞인 꽃향내는 또 어떻고.
내가 어른이 아니라 걔들이 어른이라우.
얼마나 포실하게 눈과 맘을 품어준다고.
그런 것들이 살가운 동무라도 되어주나.

그럼그럼. 사람들이나 별반 다름없지.
무지 그리워서 문드러지기라도 할라치면
난 숨을 꼴딱꼴딱 삼키곤 해.
그렇게 꾹꾹 누르다 보면 어느샌가
마음속에 한 가득 연두가 피어나거든.
아하, 연두. 어린 잎들의 환희지.
그 에린 것들의 다감한 기척이라니.
그 입김에 설레어 눈 뜨곤 했는데.
그러니 제발. 온몸을 열어 흠씬 맛보시라구.
이 야릇한 봄의 느낌들.
나라면 느릿느릿 엄살떨며 살겠네.

(『문학청춘』 2018년 여름호)

위의 작품의 화자가 "그리 일찍 갈 거며 여긴 왜 왔데?"라고 묻자 "태정이"는 "어이구, 왜는 무슨 왜야./그저 왔다가 때 되어 돌아간 거지"라고 대답한다. 뿐만 아니라 화자에게 "그냥 살아. 살다 보면 의미는 붙는 거 아닌가"라는 조언도 해준다. "얼마나 귀해. 누구와 산다는 것./눈과 눈으로 주고 받는다는 것./손과 손을 마주 잡는다는 것./나무와 함께 바람과 함께 머문다는 것./숨이 숨을 불러내는 저 새들 좀 봐./기막히잖아. 즐겨요, 즐겨"라고 구체적인 방법도 일러준다. 화자는 "태정이"의 의연한 모습을 통해 삶과 죽음의 의미를 다시금 인식한다. 잘 산 사람이 죽음도 잘 맞이할 수 있는 법인데, "태정이"가 그러했다. 위의 작품의 "태정이"는 김태정(1963~2011) 시인이다. 서울에서 태어나 1991년 『사상문예운동』으로 작품 활동을 시작했고, 시집으로 『물푸레나무를 생각하는 저녁』(2004)이 있다. 전남 해남에서 살다가 세상을 떴다. (c)

멍

정현우

아버지에게 처음으로 따귀를 맞았다. 맨발로 집을 뛰쳐나왔다. 넝쿨이 울창한 성당은 멍든 것들로 가득 차 있었다. 떨어진 포도 알에는 천사들의 날개가 들어 있을지도 몰라 검고도 푸른 고요를 맨발로 밟았다. 첨탑 사이로 빠져나가는 구름과 그늘을 접는 종소리 아래 멍든 뺨을 어루만지면 발목으로부터 터져 나오는 울분. 울음과 분노에도 무게가 있다는데, 그건 어둠을 다 게워낸 그림자, 발자국을 내버린 까마귀의 허공, 슬쩍 날개 대신 다리를 내민 천사의 오후, 천사들이 가져가는 몫*은, 포도의 주검과 시간 사이, 고개를 들지 않아도 안다. 무질서는 가능성. 멍울을 깁는 시간의 껍질들, 입술이 벗기는 예감에서 감도는 피 맛, 잘근잘근 씹어버리면 그만인데, 바닥에 숨이 붙어 있는 포도 알은 독해되지 않는 이탤릭체, 부서지지 않는 보라 파편은 짐승이나 사람의 영혼 색일까. 무섭게 썩고 마는 말씀을 들으며 집은 가까이에서 멀어지고 나는 벌레의 눈빛처럼 아무렇게나 사이를 열고. 뒤로 물러서는 천사의 침묵. 미사를 마친 사람들이 알약처럼 쏟아져 나왔다. 나는 정적 속 숨어 있는 포도 씨. 보랏빛이 얕게 잡히는 멍의 끝, 더 이상 오를 곳 없는 햇빛에 구부러지는 포도 넝쿨들.

* 천사들도 술을 마신다. 위스키를 숙성시키는 동안 매년 2~3퍼센트가 증발하는데 이를 두고 천사들이 가져간다고 한다.

(『시로여는세상』 2018년 겨울호)

성장의 서사와 포도의 숙성 과정을 결합한 상상력이 흥미롭다. '멍'은 이 두 가지를 연결시키는 절묘한 심상이다. 이 시의 화자는 아버지에게 처음으로 따귀를 맞고 맨발로 집을 뛰쳐나온다. 성장 과정에서 겪게 되는 부모와의 충돌과 그로 인한 극심한 충격으로 그의 뺨과 마음은 멍이 든다. 그가 맨발로 뛰어 들어간 성당 안에도 멍든 것들이 가득하다. 울창한 포도넝쿨 밑으로 잔뜩 멍든 포도 알들이 떨어져 있다. 부모에게 천사 같던 아이가 따귀를 맞고 멍이 들어 있는 것처럼 떨어진 포도 알에는 천사들의 날개가 들어 있을지도 모른다. 천사들도 술을 마신다는 속설이 있는 것처럼 성장 중인 아이는 "멍울을 깁는 시간의 껍질들" 사이에서 변해가고 있다. 그의 앞에는 질서를 벗어난 "무질서의 가능성"이 새롭게 펼쳐지고 있는 것이다. 그의 뺨이나 포도에 새겨진 보랏빛 멍은 새롭게 눈뜬 영혼의 색일지도 모른다. 의심 없이 받아들였던 말씀을 "무섭게 썩고 마는 말씀"으로 듣고, 집에서 점점 멀어지며, "벌레의 눈빛처럼 아무렇게나 사이를 열고" 있는 그는 지금 난생처음으로 영혼의 타격을 겪고 있는 것이다. 성당에서는 미사를 마친 사람들이 알약처럼 쏟아져 나오고 있는데, 그는 정적 속에 숨어 그것을 엿보고 있다. "더 이상 오를 곳 없는 햇빛에 구부러지는 포도 넝쿨들"처럼 그는 천사의 날개 대신 다리를 내밀고 멍든 것들의 세상을 겪고 있다. 성장 과정에서 반드시 겪게 되는 방황과 의심, 거부의 심리 작용들이 극적인 서사와 환상적인 이미지, 선연한 감각으로 인상 깊게 표현된 시이다. (b)

남주 생각

정희성

남주는 시영이나 내 시를 보며
답답하다는 말을 한 적이 있다
뉘 섞인 밥을 먹듯 하는 어눌한
말투가 마음에 들지 않았을 터이다
그러나 시영이나 나는 죽었다 깨도
말과 몸이 함께 가는 남주 같은
목소리를 내기 어려울 것이다
기껏 목청을 높여보았자
자칫 몸과 목소리가 따로 놀 테니까
시영이도 그렇겠지만 나는 나대로
감당해야 할 몫이 따로 있기도 하고
그렇지만 아무래도 이건 무슨
변명 같기도 하고 비겁한 듯도 하고
하여튼 일찍 간 남주 생각을 하면
내가 너무 오래 누렸다는 느낌이다

(『작가들』 2018년 봄호)

시인보다 혁명가를 자처했으며, 오랫동안 영어(囹圄)의 세월을 보내야 했던 동년배 김남주 시인의 시들에 비하자면 나의 시는 형편없이 어눌하고 답답하다. 강고한 독재 체제에 맞서는 단호하고 비장한 김남주 시인의 말투를 따라갈 수 없는 절망감을 느낀다. 특히 나는 말과 몸의 일체감에서 오는, 삶과 실천 사이의 괴리감을 극복해내기 힘들다고 자인한다. 하지만 자칫 실천이 담보되지 않는 상태에서 기껏 나의 목청을 높이는 것은, 김남주 시인과 달리 그야말로 몸과 목소리가 따로 노는 시적 파탄을 부른다. 먼저 죽어간 김남주 시인의 삶과 시를 기준으로 할 때, 무슨 변명 같기도 하고 비겁해 보이기도 할 터지만, 그래서 각자가 감당해야 할 몫을 성실히 수행하는 것 역시 소중하다. 그럼에도 불구하고 나는 김남주 시인에 비하면 내가 너무 오래 누린 것은 아닌가 하는 자책감에 빠진다. 어떤 식으로든 김남주 시인이 보여준 치열한 투쟁 정신과 저항의 강도에는 여전히 자신이 못 미치고 있다는 자기반성이다. 무엇보다도 김남주 시인이 나의 삶과 시를 곧추세우는 하나의 정신 축으로 살아 있다는 것을 의미한다. (a)

아카샤

조 원

그대가 몹시 그리울 때
그곳을 생각하네. 아카샤
베란다 밖으로 구름이 흐르고
그대에게 무한의 키스를 날리지

창문 위로 내 입술 눌러 찍으며 그대 입술 받아먹지만,
감히 상상할 수 없네
완전히 닿을 수도 없네. 몸은 유리와 같아서

밖의 말을 알아듣지 못하지. 우주로 날아간 사람에 대해,
입술 맞추며 놀았던 기억에 대해,
더는 비치지 않는 그 얼굴에 대해

생을 다하기까지 깨지지 않는 유리라네
잡을수록 미끄러지는 유리라네
밤마다 돌로 깨뜨려 건너가고 싶지만

그대 입술에 냉기가 흐르고
그대 눈망울에 안개만 맺히네
두 손으로 닦을 수 없네. 느낄 수도 없네. 아카샤

언제 깨져버렸는가, 어디로 날아갔는가

그토록 붉었던 입술은 별빛으로 떠나고
몸이 허물어져 거침없는 그대를
자장가처럼 불러도 소용이 없네

내 안에 유리가 있어서
나의 바깥에도 유리가 있어서
사라진 건너편이 못 견디게 그립네
그대 흔적 따라 입술을 포개어보는데
치명의 입김은 전해지지 않네

(『신생』 2018년 겨울호)

"아카샤"(Akasha)는 산스크리트어로 아가사(阿迦奢)로 음역되는데, 어떤 공간적 점유성이나 장애성을 지니지 않는 절대공간이다. 인연의 화합에 의해 생기지 않고 무애(無礙)를 본질로 하는 불생불멸의 공간인 것이다. 위의 작품의 화자는 "그대가 몹시 그리울 때/그곳을 생각"한다. 또한 "그대에게 무한의 키스를 날"린다. 그렇지만 "창문 위로 내 입술 눌러 찍으며 그대 입술 받아먹지만" "완전히 닿을 수" 없기에 안타까워한다. "몸은 유리와 같아서//밖의 말을 알아듣지 못"해 "우주로 날아간 사람에 대해,/입술 맞추며 놀았던 기억에 대해,/더는 비치지 않는 그 얼굴에 대해" 아쉬워한다. 뿐만 아니라 "밤마다 돌로 깨뜨려 건너가고 싶지만//그대 입술에 냉기가 흐르고/그대 눈망울에 안개만 맺"혀 "사라진 건너편"을 "못 견디게 그"리워한다. 화자에게 "그대"는 부모와 같이 아주 가까운 인연의 대상으로 여겨지는데, "아카샤"로 돌아간 그를 잊지 못하는 모습은 위대한 비극의 주인공처럼 착하디착하다. (c)

사회면 한 토막

조재형

질마재에서 실종된 서정이 발견되었다
수능을 앞둔 교과서 한 귀퉁이에서
괄호에 담긴 주검은 심하게 훼손되었다

금수와 돌팍과 나무때기에게 그만한 모자는 없는데
생각에게 어울리는 매무새로 그만한 옷이 없는데
너무 친숙하고 시비 걸 말이 변변치 않다는 혐의로
소리와 뜻 사이를 망설이던 오랜 디딤돌이 제거되었다

폐족의 잔당이 다락의 겨드랑이까지 뒤졌으나
소재(所在)의 실마리는 잡지 못한 바 있다
잠적하기 전의 행장을 밝히기 위해
전위와 모던의 변두리를 수소문 중이라지만

재심의 입길에 오르던 낭만은 때늦은 소환을 앞두고
추억을 벗어놓은 채 자진(自盡)하였다
몇 편의 거짓말을 유지로 맡겼다는데
서슴없는 공개는 차일피일 미뤄지고 있다

(『시작』 2018년 여름호)

일찍이 미당 서정주는 한국문학계를 대표하는 서정시인의 한 명으로 손꼽힌 바 있다. 하지만 현재 그는 그의 사후에 벌어진 친일부역 문제 등의 혐의로 생전의 권위나 시적 위상이 크게 흔들리고 있는 실정이다. 여전히 그의 시적 영향력이 지대한 가운데서도, 그동안 당연시되어온 소리와 뜻, 리듬과 의미 사이를 자유자재로 오갔던 시인이었다는 평가가 크게 달라지고 있는 형편이다. 그래서 그걸 안타까워하는 이들이 그의 다락을 뒤적이고 죽기 전 그의 행장을 다시 추적하는 작업에 나서고 있다. 동시에 전위문학과 모던 시의 변두리까지 수소문하며 그의 문학적 재심(再審)을 추진하고 있다. 하지만 한 번 훼손된 그의 시적 권위를 회복하기란 그리 쉽지 않다. 정작 그의 서정시의 탁월함을 입증할 만한 뚜렷한 실마리를 아직 잡지 못하고 있는 까닭이다. 자신을 변호하기 위한 몇 편의 거짓말을 유지(遺志)로 남기기까지 했지만, 어떤 이유로 그 공개가 차일피일 미뤄지고 있는 실정이다. 그나마 다행인 것은, 그의 고향인 질마재에서 그동안 실종된 서정이 발견되었다는 소식이다. 하지만 그 소식도 예전처럼 문학 면이 아니라 사회면 한 토막이다. 생전 '부족방언의 요술사' 또는 '시인부락의 족장'이라는 찬사를 받았지만, 그만큼 그의 시적 위상이 추락해가고 있음을 보여준다. 한 시인을 어떻게 평가하고 수용할 것인가에 대한 곤혹감을 넘어, 진정한 문학적 평가는 사후 평가일 수밖에 없다는 교훈을 되새기게 하고 있다. (a)

거절된 꽃
— 날도 점점 추워오는데 이제 그만 아이 데려오자*

조정인

어떤 손이 놓친 걸까, 풍선들은 늘 놓쳐지지 그건 풍선의
의지가 아니야 아니, 풍선의 의지일 거야

옅은 하늘색 풍선이 바람에 쏠리는 대로 보도블럭 턱밑을
혼잣말처럼 맴도는 겨울저녁

얼마를 떠돌았을까, 말랑말랑한 공기의 두개골 같은

숨이 새어나간, 해쓱한 풍선은
심지어 없는 무릎으로 멈칫멈칫 기는 자세로
텅 빈 얼굴을 손 없는 빈 양팔로 감싼 채

무서워, 아버지, 아파, 거긴 벌써 무너졌어, 밝으면 허공이야
아버지, 내 어두운 아버지, 다시는 발을 뺄 수 없을 텐데……

액체가 되어 흐르는 아이들 연일 새어나가는 어린 숨
이제 막 발색을 시작한 옅은 하늘색을 띤 둥글고 말랑거리고
가볍고 머뭇머뭇 떠도는 어린 영혼들

오지 않는 버스를 기다리며 동동거리는 발아래, 점점 형체를 띠는
너무 일찍 거절된 꽃 여럿으로 섞여드는 울먹이는 목소리

발 아래는 너무 먼 곳 애들아, 그만

저기, 버스 온다

* 故 고준희 사체유기사건(2017.12.29.전주)을 맡은 이형석 경위가 암매장 자백을 받아낸 후, 준희 친부에게 한 말. 2018.1.11.중앙일보.

(『시와사상』 2018년 여름호)

일반적으로 가정(家庭)은 부부를 중심으로 한 혈연 집단으로 사회의 가장 작은 단위를 말한다. 서로 다른 남녀가 만나 한 가족을 이루며 서로 돌보고 배려하며 화목하게 지내는 것을 그 이상으로 하는 게 전통적인 가정상이다. 하지만 자신의 다섯 살짜리 어린 친딸을 암매장한 아버지와 동거녀의 엽기적 살인 사건 앞에서 이러한 가정상은 송두리째 무너진다. 어린 딸을 지속적인 학대 끝에 치사(致死)하게 만든 이 희대의 사건은, 부모와 자식 간에 천부적으로 지워진 의무과 책임을 무의미하게 만들고 있다.

　하지만 이처럼 파괴된 가정의 희생양은 단지 어린 고준희 양뿐이 아니다. 우리 주변엔 여전히 손을 내밀어 붙잡아주지 않으면, 마치 풍선처럼 거친 세상의 바람에 지향 없이 휩쓸려 들어가거나 떠돌 수밖에 없는 이들이 많다. 간절히 자신의 손을 붙잡아주기를 바라는 아이의 요청을 매정하게 뿌리치는 비정한 사회 속에서 미처 제 꿈을 펴보기도 전에 액체가 되어 흐르는 아이들이 많아질 수밖에 없다. 지금 우린 어쩌면 너무도 일찍 가정에서, 부모들로부터 거부되고 거절된 아이들이 어떤 구원도 꿈꿀 수 없는, 어떤 희망도 불가능한 지옥의 사회에서 살고 있는지 모른다. (a)

어슴푸레

차주일

밤 기차는 안이 밝고 밖이 깜깜한 곳을 찾아가지

나가 나를 보여주는 역을 찾아
보려 하지 않아도 자꾸 보여주려고 덜컹거리는

맥박의 속도로 운행하다 한숨으로 정차하는 간이역
같은 뜻을 전하려는 다인칭이 홀로를 기다리고 있는

유리창이 거울이 되는 시간
낯선 얼굴 하나 내 눈앞에 도착하네

나가 나를 알아볼 수 있는 도착; 어슴푸레는
얼마나 완전한 명암인가

잊었던 기억처럼 끝내 다시 도착하는 표정들
어떤 표정이 얼굴에서 정차할까 궁금해하면
뒤늦게 도착하는 혼잣말

연착하면 연착할수록 오래 홀로여서
혼잣말 주고받을 한 사람 더 뚜렷이 보이는

(『시와 사상』 2018년 가을호)

밤 기차로 여행 중인 나의 관심사는 깜깜한 바깥의 풍경이 아니다. 애써 보려 하지 않아도 자꾸 나를 보여주는 거울 역할을 하는 간이역이 나의 궁극적인 관심사다. 따라서 맥박의 속도로 운행하다 한숨으로 정차하는 간이역은 단순히 내 여행의 목적지가 아니다. 평균적이고 동일한 믿음을 강요하는 세계 속에서 저만의 내성(內省)과 혜안(慧眼)을 가진 단독자가 기다리고 어떤 장소다. 바깥 풍경을 내다보는 유리창이 아니라 자신을 들여다보는 거울이 되는 시간 여행을 선사하는 게 어디론가 덜컹거리며 달려가는 밤기차다.

지금 나는 기꺼이 거울로 삼은 밤 기차 유리창을 통해 나의 모습을 만나고 있는 중이다. 하지만 그 유리창에 비친 얼굴이 왠지 낯선 느낌이다. 지금 여기의 자신 너머로 가고자 하지만, 특히 시시각각 변해가는 얼굴 속에서 어떤 것이 참다운 나의 모습인지 어슴푸레하다. 보다 심층적인 자기로의 여행을 꾀하며 떠나며, 정작 자신이 잘 알고 있다고 생각해왔지만, 매순간 다른 표정들이 나의 얼굴을 스쳐갈 뿐이다. 그래서 연착하면 연착할수록 자신의 존재를 홀로 응시하고 혼잣말을 되까리는 시간. 하지만 그때마다 더욱 뚜렷이 다가오는 나의 존재의 심연은, 여전히 더욱 그 깊이를 가늠하기 힘든 미궁으로 다가서고 있다. (a)

필(必)

채상우

납일이다 새벽부터 녹나무는 제 가지가 잘린 자리마다 등잔 하나씩을 내건다

술을 함부로 마시지 아니하고 파 부추 마늘 염교를 먹지 아니하고 조상과 문병을 하지 아니하고 음악을 듣지 아니하고 형벌을 집행하지 아니하고 형살 문서에 판결 서명하지 아니하고 더럽고 악한 일에 참예하지 아니하고* 끼니를 구하지 아니하고 아름다운 것을 찾지 아니하고 한숨을 짓지 아니하고 이불을 털지 아니하고 책을 펴지 아니하고 이를 사리물지 아니하고 아니할 것과 아니하지 않을 것을 가리지 아니하고 다만 눈을 감되 감은 눈에 맺힌 그림자를 따르지 아니할 것이니 작년에도 그러했듯 당신은 오시지 아니하고, 하여

꽃 핀다

당신 오실 길에 밝혔던 등잔들마다 새 소리 나부낀다

* 납향(臘享) 나흘 전 읽는 서문(誓文).

(『미네르바』 2018년 봄호)

"납일"은 동지로부터 세 번째 미일(未日), 즉 양의 날이다. 옛 사람들은 "납향(臘享) 나흘 전" "술을 함부로 마시지 아니하고 파 부추 마늘 염교를 먹지 아니하고 조상과 문병을 하지 아니하고 음악을 듣지 아니하고 형벌을 집행하지 아니하고 형살 문서에 판결 서명하지 아니하고 더럽고 악한 일에 참예하지 아니하고" 등으로 "서문(誓文)"을 읽었다. "아니할 것과 아니하지 않을 것을 가리지 아니"할 정도로 몸가짐도 단정히 했다. "납일"이 되면 나라에서는 종묘와 사직에 제사를 올렸고, 백성들은 신들에게 제사를 지냈다.

　그와 같은 자세를 가진 화자에게 "당신은 오시지 아니"한다. 그렇다고 오지 않는다고 말할 수도 없다. "새벽부터 녹나무는 제 가지가 잘린 자리마다 등잔 하나씩을 내"걸고 그 "등잔들마다 새 소리 나부"끼고 있기 때문이다. 화자는 작품의 제목을 "필(必)"로 했듯이 "당신"이 온다고 믿고 있다. 신을 믿지 않는 인식이 확산되고 있는 시대이기에 화자의 태도는 주목된다. 신을 종교적인 대상으로 삼지 않고 있기 때문이다. (c)

차창 위의 형(形) 이상학(異常學)

천수호

밤 열차의 차창 위에

내 얼굴이 클로즈업된다

차창의 외피가 내 얼굴에 전념할 동안

옆 좌석 그의 얼굴은 내 얼굴의 심연이 된다

깊은 곳을 눌러보는 창(窓)의 힘으로

차창에 바짝 동공을 들이댄다

반사면 깊숙이 박히는 외눈

열차는 한쪽 눈을 밀어내고

심연의 다른 쪽 눈을 뜨게 한다

그 검은 수면에 떠서

알 수 없는 곳으로 흘러가는 또 다른 여인에게

나는 바탕종이처럼 내 얼굴을 헌사한다

차안에서의 수면 능력은 또 한 겹의 세상을 흔들어 깨우는 힘

옆 좌석의 그가 흔들리는 힘으로 졸기 시작한다

나도 가끔 깨어

여러 겹의 얼굴을 차례대로 긁어본다

한 걸음 보폭으로 또, 깍, 또, 깍 놓여진 가로등 불빛에

스쳐도 긁히지 않는 얼굴

검은 숲이 뒤엉킨 그 깊은 동공의 터널로 들어가는 동안

나는 몇 겹의 층위를 오가며

눈동자를 뭉쳤다 풀었다 한다

어딘가에 닿을 창이

도무지 무언가에 닿지 않아서

골몰히 또 한 겹의 얼굴을 찾고 있다

(『현대시』 2018년 5월호)

밤 열차의 차창이 제공하는 다양한 광학적 현상을 치밀하게 관찰하여 기록한 시이다. 열차의 창가 쪽에 앉아 어두운 유리에 얼굴을 바짝 붙였을 때 보이는 여러 장면들이 시적 상상력과 결합하여 환상적 이미지들로 펼쳐진다. 차창의 외피에는 '나'의 얼굴이 가득하지만 그 안쪽으로는 옆 좌석에 앉은 사람의 얼굴이 들어 있다. 차창에 한쪽 눈을 밀착시키자 반사면 깊숙이 외눈이 박히고 심연 너머로 다른 쪽 눈이 떠오른다. 두 눈을 분리해서 바라보자 심연 저편으로 "알 수 없는 곳으로 흘러가는 또 다른 여인"이 등장한다. 외눈으로 고정된 '나'와 달리 심연 속에서 흘러가고 있는 또 다른 '나'를 상상해본 것이다. 자다 깨다, 이 세상과 "또 한 겹의 세상"을 오가며 가끔씩 창밖을 바라보면 가로등 불빛이 스칠 때마다 여러 겹의 얼굴이 떠올랐다 사라진다. "검은 숲이 뒤엉킨 그 깊은 동공의 터널"은 커졌다 작아졌다를 반복하며 "골똘히 또 한 겹의 얼굴을 찾고 있다". 차창의 외피를 바탕종이처럼 펼쳐놓은 채 떠오르는 다양한 현상들을 그려봤더니 여러 겹의 얼굴들이 스쳐 지나간다. 바깥 풍경만 비치는 낮의 현상과는 전혀 다르게 얼굴 속의 얼굴이 겹쳐서 펼쳐지는 심연이 드러난다. 닿을 듯하면서도 도무지 닿을 수 없는 '나'의 심층처럼 차창 위로는 밤새 형이상학(形異常學)의 형이상학(形而上學)이 펼쳐진다. (b)

바람길

천양희

제비는 먼 땅을 향해 갈 때
두루미 등 뒤에서 때때로 쉬며 날아간다고 한다
이 땅이 먼 길인 나는
두 발이 지치면 바람 속에 얼굴을 묻고 때때로 쉰다
누가 뭐래도 내 뒷 빽은
세상에서 제일 가벼운 바람
바람이 있다면 나도 제비처럼
바람의 등 뒤에서 때때로 쉬며 날아가는 것
오늘따라 바람 들린 잡새들
나보다도 더 오래 바람 속을 헤맨다
너는 아는구나 세상에서 제일
가벼운 것이 바람이란 걸 아는구나
바람! 바람이 불 때마다
나는 가벼워지고 싶었다
바람처럼 가벼워질 수 있다면
흔적 없는 바람같이 대단한 여행자가 될 수 있다면
바람은 언제나 정처없는 자의 것이다
나무 뒤에 나무처럼 서서
날개 없는 것들을 생각한다
나는 왜 바닥을 치면서 날고만 싶어 하나
사람은 왜 바람을 꽃처럼 피우면 안 되나
탓하지 말자

(『시로여는세상』, 2018년 봄호)

제비가 먼 땅을 향해 이동할 때 가끔씩 두루미 등 뒤에서 쉬면서 날아간다니, 잘 모르고 있던 놀랍고 신기한 일이다. 딴은 그토록 가냘픈 제비가 4천 킬로미터 이상을 날아 따뜻한 남쪽 나라로 가려면 그런 방법이 필요할 것 같기도 하다. 두루미 등 뒤에 붙어 잠시 쉬면서 날아가는 제비를 생각하던 시인은 이 땅의 먼 길을 걸어가며 자신은 무엇에 의지해 가고 있는지를 돌아본다. 그리고 "누가 뭐래도 내 뒷 빽은/세상에서 제일 가벼운 바람"이라는 것을 떠올린다. 바람은 세상에서 제일 가볍고 흔적도 없이 옮겨 다니는 최고의 여행자이다. 바람이 불 때마다 바람처럼 가벼워지고 싶고 정처없이 떠돌고 싶기도 하다. 평생 한자리에 붙박여 살아온 나무 뒤에 나무처럼 선 시인은 날개 없는 것들을 생각한다. 바닥을 치면서도 언제나 날아오르고 싶었던 자신을 돌아본다. "사람은 왜 바람을 꽃처럼 피우면 안 되나"를 반문한다. 바람처럼 가볍고 자유롭게 살고 싶은 꿈과 나무처럼 정주하는 삶의 괴리가 오롯이 느껴지는 성찰의 깊이가 남다른 시이다. (b)

주목의 환생

최두석

함백산 정암사 적멸보궁 곁에 고사한 주목 한 그루, 비록 잎은 없어도 줄기뿐만 아니라 가지도 얼추 갖춘 모습으로 비바람 맞고 서 있었다. 원래 자장이 석가의 사리를 모셔온 뒤 꽂아둔 지팡이였다는 전설과 다시 살아난다는 예언이 오랜 세월 신도들의 믿음을 시험하였다.

한동안 고사목은 멧비둘기의 쉼터가 되었다. 쉬다가 똥을 싸고 날아가기를 되풀이하였다. 새똥은 고사목의 텅 빈 몸통을 통과하여 떨어져 쌓였고 그 똥무더기 속에서 씨앗이 싹을 내밀었다. 뿌리를 내리고 잎을 틔우고 나니 어엿한 주목이었다. 고사목 몸통 속에서 어린 주목은 힘껏 줄기를 밀어올리고 가지를 내밀었다. 세월이 흘러 가지는 고사목의 몸통을 뚫고 활개 치듯 벋어 나왔고 다시 세월이 흘러 줄기는 고사목의 우듬지 높이로 자랐다.

이제 새 주목은 옛 고사목과 한 몸처럼 껴안고 있다. 산 붉은 살결이 죽은 잿빛 뼈대를 감싸고 있는 모습 신기하게 바라보다가 문득 합장하는 불자들도 많다.

(『시로 여는 세상』 2018년 여름호)

함백산 정암사 적멸보궁 곁에 고사(枯死)한 채 서 있는 주목 한 그루의 죽음은 그 자체로 끝나지 않는다. 한동안 맷비둘기의 쉼터이자 그것들의 똥 무너기가 되는 과정을 거쳐 어린 주목의 싹을 키우는 터진이 된다. '살아 천 년, 죽어 천 년'을 견딘다는 그 주목은 스스로가 소멸됨으로써 또 다른 새로운 생성물의 거름이 된다. 장구한 세월의 연속 속에서 마치 어린 주목이 그 고사한 몸통을 기반으로 힘껏 줄기를 밀어올리고 가지를 내밀듯, 만물은 생성과 소멸을 반복적으로 거듭하며 그 생명을 이어간다.

적멸보궁의 곁에 서 있는 주목의 죽음은 그런 점에서 결코 무의미하거나 단속적인 것이 아니다. 고사한 주목은 무한순환의 과정을 거쳐 새로운 주목으로 환생하기에 어린 주목과 고사목 사이의 간극은 없다. 어린 주목의 붉은 살결이 죽은 고사목의 잿빛 뼈대를 감싸고 있듯, 세상에 존재하는 모든 것들은 죽음에서 생명의 싹을 틔우고 또 생명에서 죽음을 키운다. 우린 그러한 순환론적인 세계관 속에서 단절되지 않는 채 끝없이 이어지는 삶과 죽음의 드라마를 보며 다른 피조물과 서로 나란히 공존하는 법을 배운다. 특히 그 순환론적인 세계가 연출하는 장엄함과 숭고함에 잠시 감사와 경의의 합장을 해보기도 한다. (a)

물

물을 마시려고 음수대를 찾아본다.
작업장에는 없는가? 문에, 기술팀
관계자 외 출입금지. 라고 써 있다
물이 그 안에는 있을 것 같다
노크를 하는 둥 마는 둥 들어갔다
누가 날 빤히 쳐다보더니
문에 써 있는 것 못 보셨습니까?
봤는데요, 기술부입니까?
"물 마시는 기술 좀 가르쳐주쇼."
물은 저기 있습니다.

나는 물 좀 달라고 하려다
물 마시는 기술을 배우고 싶다고 한 것이다.
관계자가 되고 싶어서,
그들은 나에게 물 마시는 기술을 가르쳐주는 대신
음수대를 가리켰을 뿐이다.
물을 마시는 기술은 누구나 다 안다.
물을 마시는 데 자격이 필요한 게 아니다
물을 마시는 데는 물이 필요하다
물은 수평을 유지한다.

(『동리 목월』 2018년 가을호)

위의 작품의 화자는 "물을 마시려고 음수대를 찾아"보지만 작업장 근처에서 발견하지 못한다. 그러던 중 "문에,/관계자 외 출입 금지, 라고 씌어 있"는 것을 보고 "물이 그 안에 있을 것 같다"고 생각한다. 화자는 "관계자 외 출입 금지"의 공간에 "노크를 하는 둥 마는 둥 들어"간다. 그곳에 있는 사람들은 "문에 씌어 있는 것 못 보셨습니까?"라고 묻는다. 자신들의 영역을 침범한 일에 경고하는 것이다. 화자는 주눅 들지 않고 "봤는데요, 기술부입니까?/물 마시는 기술 좀 가르쳐주쇼"라고 눙친다. "기술"을 배우러 왔다는 화자의 말에 그들은 경계하지 않고 "물은 저기 있습니다"라고 알려준다. 그 말이야말로 화자가 원하는 것이었다. 물을 마시는 데 자본주의가 요구하는 기술이나 "자격이 필요한 게 아니"라 "물이 필요"하기 때문이다. (c)

다세대주택

대출 신청 서류에는 직업 적는 칸 있다
생계를 유지하기 위해서는 한 가지 이상의 일을 해야 하는데
칸 좁다 햇볕 들지 않는
앙증맞은 단칸방

젊은 부부가 일하러 간 사이 한 아이가 집을 나섰다 그 아이는 검고
붉은 얼굴 때문에 수줍게 웃었다 푸르뎅뎅한 목덜미 때문에 골목의 아
이들에게 괴물이라고 불렸다

더는 널 사랑하지 않아 네가 말했다 나는 네 앞을 가로막았다
크게 달라지는 건 없었다 허탈하지도 않고 고요했다

"죄송합니다. 사고가 나서⋯⋯"
꽉 막힌 도로에서 보험사 직원 기다리며 회사에 전화했다
누군가 떠날 때마다 마음 깊이 담아두면 편히 살 수 없다
세상이 이상하다 내가 이상하다

오늘내일 죽어도 슬프지 않다니 글쎄⋯⋯
머리카락이 바람에 날려 어정쩡하다

(『문학과 사회』 2018년 여름호)

여러 세대가 모여 사는 다세대주택의 거주민 한 명이 은행에 대출 신청 서류를 넣는다. 하지만 그는 실업 상태로 직업을 적는 칸을 메울 수 없다. 생계를 유지하기 위해서는 한 가지 이상의 일을 해야 한다는 조항 앞에서 가로막혀 있는 상태다. 또 거기에 거주하는 검고 붉은 얼굴을 한 아이는 젊은 부부가 일하러 나간 사이 친구들과 어울리려고 시도한다. 하지만 그 아이는 푸르뎅뎅한 목덜미 때문에 골목의 아이들에게 괴물이라고 놀림 받고 있다. 때마침 연인으로부터 이별 통보를 받은 나의 사정 역시 상황은 이들과 크게 다르지 않다. 이별의 원인이 누구에게 있든 심적 충격을 그다지 크게 느끼지 못한다. 연인과 헤어져도 무감각하게 대응하는 것처럼 교통사고가 나도 기계적으로 보험사와 회사에 통보하면 그만이라는 생각에 사로잡혀 있다. 어쩌면 아무런 희망이나 변화를 기대할 수 없는 사회 속에서 당장 오늘내일 죽어도 슬프지 않다는 감정에 노출되어 있는 것이 다세대주택 거주민들이다. 각기 고유한 정체성보다는 서로 간의 소통이나 교감이 없는 익명적이며 분절적인 '비장소'의 하나가 작금의 다세대주택 공간이라고 할 수 있다. (a)

사라진 도서관

한정원

도서관 하나가 불탔다

목이 긴 여름밤이 장마 속에 잠겨

기억의 수문을 열었다

어머니가 쏟아져 나왔다

어머니가 관장인 도서관이 매운 연기를 뿜어냈다

책들을 베껴야 했다

한 문장 한 문장 꼬리까지

받침이 부러질 때까지 물고 늘어져야 했다

재가 된 구름이 검은 옷을 입고

글자의 그림자가 되어 소리 내지 못하고 흘러갔다

도서관이 불타는 것은 우주의 일

도서관이 훌륭하다고 말하고 싶어서

도서관이 불에 탔다

미래가 불탔다

혈족들이 잊혀졌다

태울 것이 없어서 앞 건물 뒤 건물 놔두고

불면의 새벽을 망치로 두드렸다

이제 어떤 문장도 어법에 맞지 않는다

입술은 바닥을 드러내고 식은 땅의

유물 속에서 침이 마른 인덱스 목록이 나왔다

나의 경력은 출생뿐이어서 죽음은 생각도 못했다던

요절한 남자의 차가운 이름을 켜놓고
적막이 된 신전 앞에서 구걸을 한다
어머니가 죽었다는 것은
도서관 하나가 불탔다는 말
찔레꽃도 장미도 깊고 검은 흉터를 남기고
기둥 없는 열람실로 멀어져갔다

(『미래시학』 2018년 여름호)

위의 작품의 화자는 "목이 긴 여름밤이 장마 속에 잠겨/기억의 수문을 열"었을 때 "도서관 하나가 불"탄 사실을 떠올린다. 화자는 불탄 그 "도서관"에서 "어머니가 쏟아져 나"오자 "책들을 베"낀다. "한 문장 한 문장 꼬리까지/받침이 부러질 때까지 물고 늘어"져 마침내 "재가 된 구름이 검은 옷을 입고/글자의 그림자가 되어 소리 내지 못하고 흘러"간다. 화자에게 "어머니가 죽었다는 것은/도서관 하나가 불탔다는 말"과 같다. 그리하여 "도서관이 불에" 소실됨으로써 "미래가 불탔"고 "혈족들이 잊혀졌다". 또한 "태울 것이 없어서 앞 건물 뒤 건물 놔두고/불면의 새벽을 망치로 두드"려도 "어떤 문장도 어법에 맞지 않는다". "도서관이 훌륭하다"는 사실을, 즉 어머니의 위대함을, 새삼 깨닫는다. (c)

명맥(名脈)

함민복

이름을 검색하며 ㅎ을 치면 홈택스가
하를 치면 하나은행이 함을 치면 함양군청이 떠오르다가
함 ㅁ까지 치면
함무라비 법전과 함몰유두 수술 사이에
함 민복 이름이 뜬다
어떤 날은 함마드릴이
야구 시즌에는 함민지라는 치어걸이
순서를 바꿔놓기도 하지만
대부분 법전과 유두가 이웃한다
덕분에 돌기둥에 새긴 이백팔십이 조로 된 함무라비 법전과
우리나라 여성 백에 삼이 해당된다는 함몰유두도 공부해보고
최초의 법전과 최초의 식사와의 연관성도 상상해보다
법전이 법치국가의 유두고
유두가 자본주의의 법전이라는 은유도 만들어본다
광부들이 금맥을 나침반 삼아 굴진하듯
명맥을 이정표 삼아 글자의 숲을 거닐다 보면
세상 사람들이 나를 향해 다가온,
내가 세상을 만나며 나눴던 생각들이
복제와 인용과 오독과 과장으로 살아 있고
때론 댓글로 종유석처럼 자라고도 있는
과거 속의 현재들
혹여 숨기고 싶은 부끄러움마저 검색되지 않을까

두려움의 바다도 펼쳐지는
여기는
함무라비 법전과 함몰유두 사이에서
이름이 그물을 짜고 있는 광활한 불사의 땅
오늘도 또 다른 내가 만들어지고 있다

(『현대시학』 2018년 3 · 4월호)

이 시에서는 시인이 인터넷에서 자신의 이름을 검색하면서 만난 여러 단어들의 의미를 재미나게 펼친다. '함민복'이라는 이름이 '함무라비 법전'과 '함몰유두 수술' 사이에서 뜬다는 데 착안하여 재치가 넘치는 말놀이가 이어진다. '함무라비 법전'과 '함몰유두'라는 전혀 어울리지 않는 조합을 두고 시인다운 기발한 상상력을 발휘한다. '함무라비 법전'과 "최초의 법전", '함몰유두'와 "최초의 식사"를 연결시켜보기도 하고, 서로를 뒤섞은 조합을 만들어보기도 한다. "법전이 법치국가의 유두고/유두가 자본주의의 법전"이라는 은유는 엉뚱하면서도 그럴듯하다. 법전은 법치국가의 기반이 응집되어 선명하게 돌출한 결과물이고, 유두는 자본주의의 법전이라 할 만큼 먹고사는 문제가 자본주의의 핵심을 이룬다는 점에서 그렇게 볼 만하다. 시인은 자신의 이름과 관련된 여러 글자들을 이런 식으로 이어붙이며 놀다가 문득 광부들의 금맥처럼 이러한 명맥(名脈) 속에 무궁하게 펼쳐질 온갖 이름의 흔적들에 두려움을 느낀다. 한번 꺼냈던 글자들은 절대 지워지지 않고 "복제와 인용과 오독과 과장"이 넘치는 채 명맥(命脈)을 유지하고 댓글이 종유석처럼 붙어서 자라나 있기도 하다. '함무라비 법전'과 '함몰유두' 사이의 "광활한 불사의 땅"에서 시인의 이름은 끝없이 복제와 생성을 거듭한다. "오늘도 또 다른 내가 만들어지고 있다"고 할 수 있다. 인터넷에 떠도는 자신의 이름이 만들어내는 무수한 '나'에 대해 생각해보게 하는 시이다. (b)

교각 음화(淫畵)

허 연

병에 걸린 걸까.
엉겨붙은 눈곱에 눈도 못 뜨는 고양이들이
짝짓기를 한다.
세상에 다시 오지 않을 거니까
적어도 그것만은 알고 있으니까
공룡 뼈 같은 교각 밑에서
고양이들은 짧은 생을 불태운다.

오래된 교각 밑을 걷다 보면
모든 것이 이상하게 음화(淫畵)로 바뀐다
녹물이 눈물처럼 흘러내린 교각에는
오래전 쓰여졌을 설익은 유서들이 있고
누군가의 투항이 있고
어린 나이에 죽은 친구의 불장난과
그을린 맹세들이 있다.

기둥에는 억지스런 구호 몇 개가 중년의 날 위협하고
이따금씩 덜컹대는 상판에서는
콘크리트 가루가 철축복처럼 쏟아지곤 한다.

육상트랙처럼 뻗어 있는 한강 다리 밑
나는 그 비밀스러운 음화를 지울 수가 없다

내가 이미 음화였음을.

어린 시절.
큰물이 쓸려간 아침,
교각 밑에 살던 거지 소녀가 떠내려갔을까 봐
숨도 안 쉬고 달려갔던 교각
마음 졸이며 달려갔던,
그 슬픈 음화.

(『문학사상』 2018년 7월호)

교각 밑은 열려 있어 누구나 지나다닐 수 있지만 또 완전히 개방된 공간과 달리 비바람과 햇빛을 피할 수 있어 쉴 수 있는 곳이기도 하다. 몹시 가난하던 시절에는 집 없는 거지 떼의 거주지가 되기도 했고, 오랫동안 갈 곳 없는 청소년들의 놀이터가 되기도 했다. 교각 밑은 세상 밖으로 밀려난 존재들이 지친 몸을 의탁하는 장소이다. 이 시의 첫 장면에서는 교각 밑에서 짝짓기를 하는 고양이들을 담고 있다. 병에 걸려 눈도 못 뜨는 고양이들이 얼마 남지 않은 생을 감지한 듯 본능을 발산한다. 이 고양이들에게는 교각이 집이자 무덤이 될 것이다. 교각에서 본능이 작동하는 것은 고양이뿐이 아니다. 오래된 교각 밑은 음화(淫畫)를 연상시킨다. 죽음의 본능을 어설프게 발산한 유서 같은 글들, 불장난의 흔적과 맹세와 투항의 자취들이 가득하다. 화자는 오래된 교각 밑을 지나며 그곳의 어둡고 비밀스러운 분위기에 빠져든다. 그는 이미 중년이고 교각의 억지스러운 구호와 덜컹이는 상판을 감지하며 이곳의 현실을 각성하지만, 마음 한 구석 아주 깊숙한 곳에 자리 잡고 있던 슬픈 음화(陰畫)를 떠올린다. 오래된 한강의 교각 밑을 지나며 자신의 내밀한 음화를 꺼내놓는다. 어린 시절 큰물 진 다음날 아침 교각 밑에 살던 거지 소녀가 어떻게 되었는지 걱정이 되어 마음을 졸이며 단걸음에 달려갔던 일이 바로 그것이다. 무거운 현실과 순수한 본능이 뒤섞인 슬프고도 아름다운 광경이 강렬하게 다가온다. (b)

가랑잎처럼 가벼운 숲

허형만

숲길 누리장나무 아래
검정 상복을 입은 개미들이
참매미의 장례식을 치르고 있다
이미 여름은 끝났는데
한순간의 작렬했던 외침은
지금쯤 어느 골짜기를 흘러가고 있을까
오후 여섯 시, 햇살이 서서히 자리를 뜨는 시간
부전나비 한 마리
누구 상인가 하고 잠시 기웃거리다 떠나가고
이제 곧 가을이 깊어지리라
아무도 알아채지 못하게
숲을 끌고 가는 개미들의 행렬
숲은 가랑잎처럼 가볍다

(『시로여는세상』 2018년 겨울호)

숲길에서 작은 생명체들의 움직임을 자세히 들여다보니 저희들끼리의 분주하고 긴밀한 세계가 펼쳐지고 있다. 숲속 곤충들의 움직임을 바라보는 눈길은 지극히 인간적이다. 참매미의 사체를 끌고 가는 개미의 행렬을 장례식으로 보니 그럴듯하다. 여름 내내 숲을 채우던 참매미가 평생의 울음소리를 멈추고 숨져 있고 그걸 발견한 개미 떼들이 일사불란하게 장례를 치른다. 검정 상복을 맞춰 입고 줄지어 운구를 한다. 때마침 이곳을 지나던 부전나비 한 마리가 누구 상인지 궁금한 듯 기웃거리다 떠나간다. 숲 전체에 울려 퍼지던 매미 울음의 주인공이 이제 개미들에게 이끌려가고 있다. 개미들은 가랑잎처럼 가벼워진 숲의 기억을 부지런히 옮기고 있다. 계절의 변화를 실감나게 그려낸 시이다. 매미의 "작렬하던 외침"이 사라지자 개미들이 "아무도 알아채지 못하게" 조용히 장례를 치르는 소리의 변화로, 여름이 끝나고 가을이 깊어지는 시간의 흐름을 담아낸다. 햇살이 서서히 이우는 빛의 변화로도 여름에서 가을로 이행하는 계절을 표현하고 있다. 이에 더해 "숲은 가랑잎처럼 가볍다"에서는 무게감의 변화로 계절이 바뀌었다는 느낌을 강화한다. 그런데 여름에서 가을로의 이동은 단순히 계절의 변화만을 의미하는 것이 아니라, 있음에서 없음, 빛에서 어둠, 무거움에서 가벼움으로 이동하는 감각적 변화를 동반하면서, 삶에서 죽음으로의 변화가 어떤 것인지를 생각해보게 한다. (b)

터앝을 읽다

홍신선

지하 갱(坑) 속 대오 잘 갖춘 병마용들처럼
창검을 빗겨든 풀들이 뚫고 올라온다.

일진(一陣)이 무너지면 이진(二陣)이, 다시 삼진이……
계속 올라와 구몰한다.

내 호미 날 일합(一合)에
어깨 어슷 잘린 놈도
혹 실낱같은 뿌리 하나 흙 틈에 붙어 있으면
그 자리서 외레 더 꼿꼿이 일어선다
함지박만 한 하늘,
저를 점지한 하늘을 머리 위 떠메 이고,

외경하노니 이 지구의 낭심을 움켜잡고 한사코 놓지 않는
병마용들의
저 동물적 맹목의 생명력들을.

나는 오늘도 호미 끝으로
풀들의 대장경을 한 대문(大文) 한 대문 파헤치며 읽는다.

(『시인동네』 2018년 9월호)

터알은 집의 울안에 있는 작은 밭을 뜻한다. 터알을 두고 소소하게 채마를 가꾸는 것은 많은 사람들이 꿈꾸는 일상일 터인데, 실제 터알을 일구어본 사람들의 반응은 예상과 다르다. 하룻밤 자고 일어나면 눈에 띄게 자라난 풀들을 베어내느라 한나절이 다 간다고 한다. 이 시에는 이런 터알 가꾸기의 실상을 경험해본 사람만이 알 수 있는 실감나는 표현들이 가득하다. 대오도 정연하게 기세등등 솟아 올라오는 풀들의 모습을 진시황릉 병마용에 비유한 것이 재미나다. 진시황릉 병마용은 발굴 당시 그 엄청난 규모와 사실적인 표현으로 큰 충격을 주었다. 수천 년간 완벽하게 감추어졌던 지하세계의 병사들이 세상에 드러나면서 보여준 위용은 대단한 것이었다. 터알의 풀들도 마치 보이지 않는 지하세계의 기운을 모조리 뽑아 올리는 듯 거침없이 자라나고 솟구친다. 일진(一陣)이 모조리 구몰해도 이진(二陣)이 출현하고, 삼진(三陣), 사진(四陣) 끝없이 뚫고 올라온다. 호미질에 어깨가 잘리고 허리가 동강나면서도 실낱같은 뿌리 하나만 남아 있으면 그 자리에서 더 꼿꼿하게 새로운 대열이 생겨서 돌진한다. 저희들이 자리 잡은 터알의 함지박만 한 하늘을 향해 고개를 빳빳이 쳐들고 기어오른다. 저들을 처단하려던 '나'의 호미질이 어느새 외경으로 바뀔 정도로 터알 병마용들의 "저 동물적 맹목의 생명력"은 대단하다. 이제 '나'는 무한한 외경심을 품은 채, 한 대문(大文) 한 대문 호미 끝으로 파헤치며 "풀들의 대장경"을 읽는다. 터알을 읽는 것은 어떤 거룩한 경전을 읽는 것 못지않게 생명의 존귀함과 신비를 일깨워준다. (b)

테킬라

죽은 가수의 레코드가 돌아가고
목소리가 흘러나오고

테킬라는 잔에 담겨 흔들리고 있다

사후의 평가 이후
가사로 인해 고평받던 그의 음악은
사운드를 중심으로 소비된다

죽은 가수의 노래를 연주할 때
세션들은 그가 리듬을 다루는 방식과 주법에
만족감을 느꼈다

그러나 생전의 무대 위에서
그가 뱉었던 말을 기억하는 사람은
이곳에 없다

＊

사운드 좋은데 근데
이 세션들 좀 어떻게 해봐

조심하시오

언젠가 당신이 만든 것들이 당신이 만든 것들을
거짓이 되게 할 거야

＊

죽은 가수의 레코드를 들으며
테킬라를 마시면서
기도했다

내가 썼던 문장들이 나 때문에
거짓말이 되었다

유다
그는 선한 사람
예수를 한 번밖에 팔지 않았다

(『문학동네』 2018년 겨울호)

'테킬라(Tequila)'는 스페인어로 '격찬'이나 '감탄'을 뜻하는데, 그 기원은 고대 멕시코까지 거슬러 올라가 아즈테크 신이 아가베에 천둥번개를 내리치면서 만들어졌다고 한다. 테킬라는 1960년 전후 '테킬라'라는 재즈음악이 유행하면서부터 유명세를 타기 시작했다고 한다. 그러니까 이 시에서처럼 테킬라는 음악과 아주 잘 어울리는 술이라고 할 수 있다. 이 시는 첫 장면부터 흔들림과 일렁임이 가득하다. 무엇이든 고정되지 않은 채 흘러 다니고 넘쳐 버릴 것 같은 분위기이다. 죽은 가수의 노래는 원래 가사로 인해 고평받았지만 어느새 사운드를 중심으로 소비되고 있다 한다. 죽은 가수가 생전에 뱉었던 말을 기억하는 사람은 아무도 없고 모두가 저의 편의대로 그의 음악을 변형시킨다. 시의 가운데 부분에서는 이런 왜곡의 과정과 결과를 대화체를 써서 좀 더 실감나게 표현하고 있다. 마지막 부분에서는 이 시의 내포적 의미가 좀 더 분명히 드러나면서 전체적으로 의미가 확장된다. 여기서는 죽은 가수의 레코드를 들으며 테킬라를 마시는 행위에 '기도'가 더해진다. "내가 썼던 문장들이 나 때문에/거짓말이 되었다"는 것은 "언젠가 당신이 만든 것들이 당신이 만든 것들을/거짓이 되게 할 거야"라는 말을 증명하고 있다. 마지막 구절에서는 "예수를 한 번밖에 팔지 않았다"는 이유로 유다는 차라리 선한 사람이라고 한다. 죽은 가수의 음악이 생전에 그가 했던 말과 전혀 상관없이 소비되고, 내가 썼던 문장들이 나 때문에 거짓말이 되는 것에 비하면 그렇다는 것이다. 신이 내린 천둥번개로 만들어진 술 테킬라를 마시며 '나'는 쉽게 거짓과 부정에 이르는 인간의 말에 대해 무겁게 돌아본다. (b)

정원＝현원＋결원

폭우로 방이 전부 잠겼다 만년필을 든 비는 호적에서 가족 한 명을 뺐다 며칠 뒤 장례 절차를 거쳐 가족에서 공식으로 삭제한다 결원의 공식이다

4층 '용산목욕탕'에 불이 났다 번지지 못하게 방화벽 물을 두고도 29명과 죽음은 덧셈이 됐다

엄마 혼자 올라온 서울에 엄마 같은 오지는 명절 때 잘 띈다 서울에서 살지 않는 결원이어도 서울을 산골로 환기시킬 것이다

일 년에 꼭 몇 번은 현원에서 참사가 일어난다 학교부터 반별로 단단히 묶어둔 것만 봐도 알 수 있다

박물관에 놀러 온 유아원생들의 머릿수도 현원이다 칙칙폭폭 기차나 짹짹짹짹 참새로 꼭 붙들어놓고 챙기고 있다

백날 울부짖어도 없어진 결원은 회수할 수 없다 버스에 타야 할 정원이 45명인데 16명뿐이다 오늘 결원은 현원의 수하이지만 영원한 정원으로 넣는다

아니면, 현원을 옮겨서 정원에서 빼준다 결원에는 손대지 않는다

(『시에티카』 2018년 하반기)

통념상 정원(定員)은 일정한 규정에 의해 정해진 인원을 말한다. 특히 그 정원의 기준에 따라 현원(現員)과 결원(缺員)이 정해진다. 예컨대 정원이 네 명인 가족에서 폭우로 가족 한 명이 죽었을 때 현원은 세 명이며, 결원은 한 명이다. 하지만 정원=현원+결원이라는 셈법이 항상 어떤 경우에도 통용되는 것이 아니다. 예컨대 자녀들이 모여 사는 서울에 온 엄마의 경우, 애시당초 서울 시민으로 등록되지 않았기에 정원이나 현원에 포함되지 않는다. 박물관 놀러 온 유아원생들 역시 매년 현원을 중심으로 일어나는 참사 때문에 정원이나 결원보다는 현원의 점검이 더 우선시되는 예외가 발생한다.

방화벽 물을 두고도 일어난 4층 용산목욕탕의 화재 사태에서도 이와 같은 예외가 발생한다. 이 화재 사태에서 생존한 16명의 현원만이 중요한 것이 아니다. 마치 폭우로 한 가족을 잃은 가정과 같이 여전히 결원과 현원을 포함한 정원이 더 중요하다. 그러니까 이 화재 사태에서 먼저 강조돼야 할 것은, 미안하게도 16명의 생존자들만이 아니다. 백날 울부짖어도 회수할 수 없는 29명의 결원이 더 큰 아픔과 슬픔을 부른다. 지금 여기에 부재하지만 정원에서 현원을 뺀 결과로서 결원은, 결코 망각해서는 안 될 정원의 중요 구성요소이다. 산술적인 셈법에 상관없이 그 모든 영원한 정원의 기억 속엔 결코 잊어질 수 없는 결원과 마땅히 점검해야 할 현원이 포함되어 있다고 할 수 있다. (a)

시간제 노동자

휘 민

몇 년째 요양병원에 누워 있는 엄마는 내 손을 잡을 때마다 물어요 너는 도대체 무슨 일을 하길래 손이 이렇게 거치니? 어째 엄마보다 더 하다 그럴 때마다 나는 없는 난간이라도 붙잡고 싶어요

웃음 띤 얼굴로 건네는 정겨운 악수들을 기억해요 하지만 악어 등가죽 같은 내 손과 닿는 순간 다들 움찔 움찔 놀라죠 사이버대학의 녹화 부스에서 혼자 두 시간을 떠들어도 고속도로를 120킬로미터나 달려가 세 시간 동안 온몸으로 열변을 토해도 내 손은 따뜻해지지 않아요 어쩌다 가끔 내 차지로 돌아오는 오늘의 일터로 가기 위해선 히터를 틀고 달리는 차 안에서도 장갑을 껴야 하죠

오늘도 달리고 달리고 달리고 달리고 살리고 살리고 살리고 살리고 돌아라 지구 열두 바퀴* 오각형에 S자가 새겨진 파란 티셔츠는 없지만 크고 억센 손은 나의 신분을 숨기기에 딱 좋은 차밍 포인트죠

어디 알바 쓰실 분 없나요? 지역불문하고 시급은 묻지도 따지지도 않아요 불판 닦기, 화장실 청소, 소똥 치우기도 좋아요 혹시 꽃을 좋아하는 육우나 쥐잡기에 심드렁한 길고양이가 있다면 글짓기 수업도 가능하고요

출고된 지 9년 된 고물차는 벌써 지구를 다섯 바퀴째 돌고 있어요 그래도 나는 아직 더 달려야 해요 언제 교체될지 알 수는 없지만 스페어타이어는 항상 트렁크 밑에 있답니다

* 노라조, 〈슈퍼맨〉

(『시인동네』 2018년 8월호)

위의 작품의 화자는 "몇 년째 요양병원에 누워 있는 엄마는 내 손을 잡을 때마다" "너는 도대체 무슨 일을 하길래 손이 이렇게 거치니?"라고 묻는데, "없는 난간이라도 붙잡고 싶어" 한다. "웃음 띤 얼굴로 건네는 정겨운 악수들"도 "악어 등가죽 같은 내 손과 닿는 순간 다들 움찔 움찔 놀"란다. "사이버대학의 녹화 부스에서 혼자 두 시간을 떠들어도 고속도로를 120킬로미터나 달려가 세 시간 동안 온몸으로 열변을 토해도 내 손은 따뜻해지지 않"는다. 그 이유는 "시간제 노동자", 즉 시간제로 노동력을 제공하고 받는 임금으로 생활하는 비정규직 노동자이기 때문이다. 그리하여 신분이 불안정하고 최저임금도 못 받는 경우가 많은 화자를 태운 "출고된 지 9년 된 고물차는 벌써 지구를 다섯 바퀴째 돌고 있"는 것이다. "아직 더 달려야 해요"라며 포기하지 않는 화자 곁에 비정규직 보호법이 마땅히 동승해야 한다. (c)

2019
오늘의
좋은
시